MÉFIE-TOI, GONE!

Liste alphabétique complète des

Romans d'Exbrayat

(Masque et Club des Masques)

	Masque	Club des masques
Aimez-vous la pizza?	700	55
Amour et sparadrap	680	21
Les amours auvergnates	1001	506
Les amoureux de Leningrad	1061	157
Au "Trois Cassoulets"	1154	229
Avanti la musica	715	43
La balade de Jenny Plumpett	1481	
Barthélemy et sa colère	854	354
La belle Véronaise	1210	268
Les blondes et papa	727	126
Bye, bye, chérie	1330	
Caroline sur son banc	1556	
Ce mort que nul n'aimait	625	133
Ces sacrées Florentines	1046	147
C'est pas Dieu possible	1308	
Cet imbécile de Ludovic	674	85
Chant funèbre pour un gitan	1012	145
Le château des amours mortes	1608	
Chewing-gum et spaghetti	665	12
Chianti et Coca Cola	897	33
Le clan Morembert	1098	
Le colonel est retourné chez lui	875	170
Les dames du Creusot	904	398
Le dernier des salauds	958	454
Des amours compliquées	1457	
Des demoiselles imprudentes	721	369
Deux enfants tristes	1423	
Dors tranquille, Katherine	762	286
Les douceurs provinciales		51
Elle avait trop de mémoire	583	27
En souvenir d'Alice	1469	
Encore vous, Imogène	753	118
Espion où es-tu? M'entends-tu?		98
Et que ça saute		106
Felicité de la Croix-Rousse	1033	215
Les fiançailles d'Imogène	1176	197
Les filles de Folignazzaro	797	360
Fini de rire, fillette	1512	
La haine est ma compagne	1634	

	Masque	Club des masques
L'honneur de Barberine (hors collection)		
Il faut chanter, Isabelle	992	498
Imogène est de retour	706	110
Imogène et la veuve blanche	1406	
Imogène, vous êtes impossible	801	140
L'inspecteur mourra seul	638	19
J'aimais bien Rowena	1345	
Joyeux Noël, Tony		63
Ma belle Irlandaise	1719	
Mandolines et barbouzes		80
Marie de nos vingt ans	1380	
Méfie-toi, Gone!	741	67
Les menteuses	1141	223
Les messieurs de Delft	839	312
Mets tes pantoufles, Romeo	1713	
Mortimer, comment osez-vous?	969	294
Ne vous fâchez pas, Imogène	647	75
Le nez dans la luzerne	1597	
Notre Imogène	1070	165
La nuit de Santa Cruz	592	378
Olé! torero...	788	303
On se reverra, petite	824	47
Le petit fantôme de Canterbury	1392	
La petite fille à la fenêtre	1188	239
Plaies et bosses	919	59
Le plus beau des Bersagliers	779	88
La plus jolie des garces	1728	
Porridge et polenta	1291	345
Pour Belinda	975	393
Pour ses beaux yeux	1167	
Pourquoi tuer le pépé?	1220	256
Le quadrille de Bologne		102
Quand Mario reviendra	1240	318
Quel gâchis, inspecteur	814	39
Qui veut affoler Martine?	1278	336
Le quintette de Bergame	978	181
Le sage de Sauvenat	1667	
Sainte Crapule	1256	327
Le temps se gâte à Zakopane		92
Ton amour et ma jeunesse	1227	247
Tout le monde l'aimait	1086	205
Trahisons en tout genre	1566	
Tu n'aurais pas dû, Marguerite	1430	
Un bien bel homme	1116	277
Un cœur d'artichaut	1536	487
Un joli petit coin pour mourir	1020	190
Une brune aux yeux bleus	935	71
Une petite morte de rien du tout	893	414
Une ravissante idiote		114
Une vieille tendresse	1645	
Vous manquez de tenue, Archibald	872	384
Vous souvenez-vous de Paco?	616	5
Le voyage inutile	925	441

EXBRAYAT

MÉFIE-TOI, GONE!

LIBRAIRIE DES CHAMPS-ÉLYSÉES

PRINCIPAUX PERSONNAGES

CLAUDIUS TIMBAL. dit Clandius Mérot. — *Agent des S.S. et instituteur.*

HONORÉ VERDURAZ. — *Maire de Vanargues.*

MIRABEAU. — *Propriétaire du café-restaurant* Le Cheval Blanc.

FÉLICIEN CASSEIGNE, — *Receveur des Postes.*

FIRMIN. — *Un paysan d'une soixantaine d'années.*

DELPHINE. — *Sa femme.*

LOUISE. — *Sa fille.*

L'ABBÉ BISCARNIOUS. — *Curé de Vanargues.*

ELISE. — *Servante du* Cheval Blanc.

TITIN LANOUÈGUE. — *Elève,*

GUITE. — *Elève.*

Plus trois morts dont il sera beaucoup parlé : HAMLEIN, dit HAMELIN, BARCONITCH et LESSOIRE.

Plus un vivant dont il sera également souvent question : M. DURAND.

L'histoire se passe d'abord à Lyon, puis à Vanargues, un charmant village de la Dordogne.

Samedi, 2 avril.

Cela m'a pris juste au réveil. Allez savoir pourquoi !... Je n'avais pas plus de raison ce matin-là que la veille de me faire du mauvais sang ou, au contraire, de trouver l'existence particulièrement agréable. Peut-être est-ce ce gras-double sauté aux fines herbes que j'ai mangé avant de me coucher ? Evidemment, pour un convalescent à qui on a un peu recousu l'estomac, ce n'est pas une nourriture bien recommandée ; mais qu'est-ce que vous voulez, nous autres, Lyonnais, nous n'en sommes pas tellement pour la cuisine de malade et les laitages, les bouillons, on les laisse à ceux qui ne sont pas nés pour apprécier la saveur d'un paquet de couennes chaudes ou d'une quenelle de brochet à la Nantua. Quoi qu'il en soit, je me suis levé du mauvais pied et, tout de suite, je me suis rendu à la fenêtre pour jeter un coup d'œil sur Lyon que, de mon deuxième à la Croix-Rousse, je domine impérialement, il n'y a pas d'autre mot. Or, la brume me cachait tout. D'habitude, on ne supporte pas que les étrangers se permettent de dire qu'à Lyon il y a du brouillard, mais entre nous, on est bien obligé de reconnaître que sur ce point, nous sommes particulièrement servis. Notez, cependant, que nous ne disons pas brouillard, mais brume. Il y a une nuance, et les Lyonnais, ne vous en déplaise, apprécient la nuance et savent en user.

En temps ordinaire, bien que natif de Lyon, j'habite Paris où j'ai mon point d'attache. Je loge derrière le Panthéon, sur la place de l'Estrapade. Mais j'ai eu un gros accident du travail au début de l'hiver, un accident qui m'a valu trois opérations sérieuses et deux mois d'hôpital. C'était assez grave pour que mon administration m'accordât un an de convalescence. Un an, ça ne vous dit rien ? Alors, naturellement, de même que la bête blessée retourne au gîte, je suis revenu à la Croix-Rousse, dans ce petit deux pièces de la rue Joséphin-Soulary, que j'ai obtenu par miracle il y a sept ans et dont je ne me séparerais pour rien au monde. Ne croyez pas, cependant, sous prétexte de mon allusion au gîte familial, que je sois accueilli à chacun de mes retours au pays natal comme l'enfant prodigue par des parents affectueux. Non, d'abord parce que dans mes deux pièces ne pourrait loger qu'une famille réduite à sa plus simple expression, ensuite parce que mon père et ma mère étaient d'une nature si discrète qu'ils n'ont pas jugé bon de se faire connaître de leur rejeton. Eh ! oui, je suis un « gone » de l'Assistance. Ne vous attendrissez pas, le plus dur est passé. Je ne leur en veux même pas, aux auteurs de mes jours... Au début, peut-être, parce que du temps que j'étais môme, la vie n'a pas toujours été belle. Mes copains d'école — selon que leurs pères étaient républicains ou allaient à la messe — me demandaient si je n'étais pas fils de curé ou d'une bonne sœur, ou bien le rejeton d'un de ces sans-Dieu d'instituteurs. Des bêtises, mais qui me faisaient mal. Maintenant, c'est terminé. J'ai vingt-huit ans et autre chose à faire dans la vie que pleurnicher sur ce qui aurait pu être et qui n'a pas été. Et puis, je professe une philosophie de l'existence tout entière basée sur l'enseignement d'un de ces sages Lyonnais qui nous ont laissé la fine fleur de leur expérience dans des petits ouvrages qui sont nos bréviaires. Mon guide spirituel, c'est Catherin Bugnard, et son livre (1) ne me quitte jamais. Dans les moments difficiles, j'y trouve toujours le conseil qui apaise mes angoisses ou m'aide à me décider. Par exemple, quand je suis tenté d'épiloguer sur ma vie pas tellement réussie, j'ouvre mon Catherin Bugnard et je lis : *Le temps passe, toi aussi. Et demain ne sera pas long à devenir hier.* Alors, hein, à quoi bon se mettre martel en tête ?

Pourtant, il y a des matins, comme celui dont je vous parle, où l'on se sent brusquement un peu perdu et l'on commence à se poser des tas de questions inutiles sur l'avenir ; des matins où l'on se regarde dans la glace pour voir un garçon de taille moyenne, ni beau, ni laid, ni gros, ni maigre, plutôt costaud dans l'ensemble, mais, enfin, n'offrant pas de quoi tourner la tête aux filles ou mettre en émoi les mamans de demoiselles à marier. Au surplus, mon compte en banque ne peut inspirer aucune envie.

J'ai eu ma part de malheur — peut-être un peu plus lourde que la moyenne — mais j'ai eu ma part de chance aussi. Cette chance, elle s'est tout entière résu-

(1) *La plaisante sagesse lyonnaise,* maximes et réflexions morales recueillies par Catherin Bugnard, secrétaire perpétuel de l'Académie des Pierees Plantées. (Au Pommier Beaujolais, Buissante.)

mée dans ceci, que j'ai été mis en nourrice dans un village du Beaujolais, chez un couple de petits vignerons, du côté de Chiroubles. Elle, maman Toinette, c'était une brave femme qui, sans m'ennuyer, a su faire de moi un honnête homme sans rancune contre personne, sans amertume à l'égard de la société. Lui, le papa Guillaume, il m'a tout de suite appris à goûter le Beaujolais et, à onze ans, sans que j'aie jamais bu plus d'un demi-verre de vin par jour, je pouvais apprécier la solidité d'un Juliènas, le fin bouquet d'un Moulin à Vent, le velouté d'un Fleurie, le charnu et le goût « terre pourrie » d'un Morgon, le fruité d'un Brouilly et vous ne m'auriez pas fait prendre un Quincy nerveux et plein de sève pour un Saint-Julien qui vous mord le palais. J'étais l'orgueil de mes parents nourriciers, je dois le reconnaître, et jusqu'à leur mort, il y a trois ans, je n'ai jamais manqué d'aller les embrasser chaque fois que j'en avais l'occasion. Ils m'ont laissé leur petite maison et leur lopin de vigne mais, comme je ne possédais pas de quoi payer les frais de succession, il m'a fallu vendre. Cela m'a bien un peu crevé le cœur. Mais sans doute est-il écrit que je ne pourrai jamais m'enraciner nulle part. C'est pourquoi je tiens tant à mon petit refuge de la rue Joséphin-Soulary.

A la communale, je fus assez bon élève pour qu'au lieu de me placer, on me poussât à continuer mes études. Je reconnais que cela me plaisait. J'ai passé mon brevet élémentaire sans trop de mal et, après, j'ai suivi la filière sans me faire particulièrement remarquer. Je suis devenu instituteur à mon retour du régiment et j'ai exercé deux ans mon nouveau métier sans tellement d'ennui, mais sans flamme non plus. J'attendais je ne sais quoi avec la certitude que je ne pouvais pas finir dans la peau d'un maître d'école. C'est dans cette conviction que j'ai obtenu mon deux pièces de la Croix-Rousse. Je voulais un port d'attache où entreposer les quelques affaires auxquelles je tenais. Et puis, j'ai continué d'attendre.

Un garçon avec lequel je me suis battu a décidé de mon sort. C'est d'autant plus curieux que les canantes (1), je n'y suis pas particulièrement porté. Je n'ai rien du séducteur et mes débuts ont été trop difficiles pour donner mes sous à des petites qui, au fond, se ficheraient de moi comme de l'an quarante. Pour ce qui est de me marier, de fonder une famille, ce n'est guère possible, avec mes occupations. Si je me mariais, je prendrais une femme bien à ma convenance et je ne voudrais pas avoir honte de la montrer ; seulement, à ce moment-là, il y a des risques car, ainsi que l'explique Catherin Bugnard : « Si tu montres trop ta femme et tes pécuniaux, tu risques beaucoup qu'on te les emprunte. Et pour ce qui est de les ravoir, y a des chances qu'elle te revienne plus vite qu'eux. »

Ce dimanche-là, comme tous les dimanches, j'avais quitté le bled où j'enseignais pour gagner Lyon. J'allais passer l'après-midi sur un stade ou dans un gymnase, car pour ce qui est du sport, je ne suis pas mal. En judo je fais mieux que me défendre et la boxe française n'a pas beaucoup de secrets pour moi. Je saute assez bien — dans les 1,85 m — et sur le kilomètre, je trotte encore environ les deux minutes et trente-neuf secondes. Je ne sais ce qui m'a poussé, en cet après-midi, à délaisser le sport pour la danse, surtout que je suis loin d'être un danseur convenable. Quoi qu'il en soit,

(1) Les jeunes filles.

me voilà filant sur Charbonnières et m'engouffrant dans le casino comme un habitué. Au bout d'une heure, je m'embêtais ferme et je regrettais mon dimanche perdu, quand voilà une patronne (1) qui s'amène, gente comme tout. Une brune mince, bien habillée et qui avait l'air tout ce qu'il y a de comme il faut. Je la laissai s'asseoir, commander sa consommation et, au moment où l'orchestre attaquait un tango, je me précipitai pour arriver à la table de la demoiselle, juste en même temps qu'un grand garçon solide, sympathique, mais que, sur l'instant, je trouvai bougrement déplaisant. Le gars m'a regardé bien dans les yeux avant de dire :

— On a les mêmes goûts, si je comprends bien ?

La petite s'est mise à rire, flattée. Moi, le sang commençait à me monter à la tête et je répondis sèchement :

— Pas tout à fait parce que si j'avais une figure comme la vôtre, je n'oserais jamais me présenter devant une demoiselle.

Le gars a serré les mâchoires, puis m'a murmuré :

— Peut-être que vous vous chargeriez de la modifier, ma physionomie ?

— Avec plaisir !

— Alors, comme vous avez l'air — en dépit de votre manque incroyable de jugement — d'un garçon bien, on va sortir ensemble et on trouvera un coin pour mettre les choses au point !

— D'accord !

— En attendant, comme je doute que vous soyez en état de boire après notre entretien en pleine nature je vous propose de vider une bouteille de champagne. Le vainqueur reviendra la payer.

(1) Jeune fille.

— Ça me va !

Nous bûmes donc notre bouteille en compagnie de la demoiselle qui ronronnait telle une chatte pour qui deux matous allaient se petafiner (1). Elle nous dit s'appeler Odette. Mon adversaire avoua répondre au prénom de Pierre et au nom de Majoret. Pour moi, je déclinai mon identité avec un rien de raideur : Claudius (prononcez Glaudius) Timbal (une plaisanterie de ces messieurs de l'état civil) parce que, depuis vingt ans, je vois les gens rigoler quand je leur révèle mon nom. Et ça ne me plaît pas beaucoup. La jeune Odette — je m'en rendis bien compte — s'imposa un effort pour ne pas rire. Elle y réussit et parvint à remarquer d'une voix presque naturelle :

— Vous avez un nom curieux...

Et l'autre ajouta :

— Mais qui sonne clair !

Je le regardai, l'œil mauvais.

— Monsieur tient à ce que nous commencions les festivités tout de suite ?

— Vous n'avez pas bon caractère, hein ?

— Ça dépend avec qui je me trouve !

— Croyez-le si vous voulez, mais vous ne me déplaisez pas tant que ça, mon vieux !

— Je voudrais bien pouvoir en dire autant !

La bouteille terminée, nous sommes sortis comme deux bons amis qui s'en vont prendre l'air. Personne ne nous a remarqués. Nous avons tout de suite déniché l'endroit qu'il nous fallait. Mon adversaire a ôté sa veste.

(1) Démolir.

— Vous m'excuserez, mais je ne voudrais pas rentrer fripé.

J'agis de même tout en soulignant :

— Personnellement, je me fiche d'être fripé ou non, mais c'est le seul costume propre que je possède.

Petit ! Qu'est-ce qu'on s'est mis ! Lui aussi, il s'y connaissait ! Et si mes coups d'arrêt sur chassé bas l'obligeaient à grimacer, chaque fois qu'il me touchait d'un crochet court, du droit ou du gauche, j'avais l'impression de me flanquer la tête contre un mur. Au bout d'un quart d'heure, il boitait bas mais, moi, je n'y voyais plus guère à travers mes paupières enflées. Je manquai une prise de judo, il réussit la sienne et je me retrouvai sur le dos, le gars m'écrasant. Je m'attendais à déguster une belle série lorsqu'il se pencha pour me déclarer :

— Tu ne penses pas que c'est idiot de risquer de s'estropier pour cette gamine ? Maintenant que je t'ai montré ce que je sais faire, je te l'abandonne.

Il se releva. Je ne voulais pas demeurer en reste.

— Non, non, tu as gagné. Rejoins-la...

— Oh ! elle ne me plaît pas tellement...

On se tutoyait sans même y prêter attention.

— Elle est mignonne...

— Je ne dis pas, mais tu sais ce qu'on raconte à Lyon ? « Il n'y a point si tant belle rose qui ne devienne gratte-cul. »

Quand on s'est rendu compte qu'on était des gones tous les deux, on est parti bras dessus, bras dessous, oubliant Odette à qui, en souvenir, on a laissé la bouteille de champagne à payer.

J'ai emmené mon nouveau copain dans mon pigeonnier de la rue Joséphin-Soulary pour lui montrer le panorama dont je suis si fier. On a bu une bouteille de

Saint-Amour en mangeant un morceau de saucisse. Majoret m'a demandé ce que je fabriquais dans l'existence. Je le lui ai dit. Il m'a affirmé qu'un type comme moi valait mieux que ce métier de sédentaire. Ce qu'il assurait cadrait trop bien avec ce que je pensais depuis toujours pour ne pas lui donner raison. Il m'a promis qu'il s'occuperait de moi. Il a tenu parole et, six mois plus tard, au lieu de partir en vacances je prenais le train pour Paris où, après un tas d'examens de toutes sortes, pendant lesquels Majoret se montra une vraie mère poule, j'entrai dans les services de renseignements. Il y a eu six ans de cela au 10 août dernier.

Et c'est en qualité d'agent des services spéciaux qu'à la fin juin, j'encaissais trois balles dans la poitrine à San Remo. Un trafiquant d'armes qui ne partageait pas notre point de vue, mais pour appuyer sa conviction, il avait une mitraillette ! Notez qu'il a quand même été descendu, mais, moi, si j'en ai réchappé, je le dois sûrement à saint François Régis envers qui j'ai une dévotion toute particulière et qui s'est vraisemblablement arrangé pour que les projectiles du margoulin passent assez loin de mon cœur. Majoret, qui me tenait compagnie dans cette affaire, a eu moins de chance, parce que lui, les balles, c'est dans la tête qu'il les a prises. On l'a enterré à l'ancien cimetière de la Guillotière où sa famille possède un caveau. Je n'ai pas pu l'accompagner, mais j'ai bien failli l'y rejoindre !

Mardi, 5 avril.

Prétendre que je me sentais vaillant, vaillant, aurait peut-être bien été un mensonge. Mais, dites, quand on vous a ouvert deux fois l'estomac, histoire d'en recoudre les morceaux et que, pendant dix semaines, on vous a conservé en vie en vous administrant des nourritures de nouveau-né, il faut du temps pour reprendre sa force. Heureusement, les chirurgiens estimèrent qu'ils avaient bravement fait leur métier et que pour le reste, ils s'en désintéressaient. Il a donc bien fallu que je me soigne tout seul, pas vrai ? Oh ! je ne me suis pas mis tout de suite au Beaujolais et ce fut, sans doute, mon tort parce que sitôt que j'ai eu bu mon premier verre de Saint-Amour, ah ! petit ! je me suis senti renaître et cinq minutes après, je commençais à regarder passer les colombes (1) en leur trouvant bien du charme. Il n'y a pas plus de quinze jours que j'ai mangé mon premier paquet de couennes depuis ma résurrection, et dès lors, je n'ai eu qu'à doser mes re-

(1) Les filles.

mèdes à moi pour rattraper le temps perdu et redevenir ce que j'étais avant mon assassinat.

Quand le temps est au beau — comme c'est le cas dans ces premiers jours de printemps — je me lève juste lorsque le soleil me chatouille le nez. Je fais ma toilette, je mange une bonne tranche de jambon ou de saucisson, un morceau de fromage de chèvre (de ceux qu'on fabrique encore du côté de Condrieu) et parce que j'ai des principes, je bois un verre de blanc, un Pouilly-Fuissé que je réserve à cet usage matinal. Ensuite, avant de sortir, je taille une bavette avec ma propriétaire — Mme Augendre — une brave femme qui m'a bien soigné et qui s'inquiète toujours de ma santé, de mon moral, une vraie mère, quoi ! Quand on a commenté l'actualité politique, l'état de l'atmosphère, les ragots du quartier, je descends de Croix-Rousse par ma rue Joséphin-Soulary jusqu'au Rhône que je traverse sur le pont de la Boucle et je vais jouer les villégiateurs dans le parc de la Tête-d'Or.

Assis au bord du lac, face à l'île des Tamaris, je me benèse (1) comme un rentier, en regardant, là-haut devant moi, le soleil transformer ma colline de la Croix-Rousse en un gros gâteau doré. Des gosses qui passent en se courant après ramènent ma pensée à l'école, à la rentrée des classes, et j'éprouve une sorte de mélancolie, de regret. Pour la première fois depuis six ans, je me dis que je n'ai peut-être pas été tellement bien inspiré de quitter l'enseignement. Ce n'est pas folichon, d'accord, mais au moins on ne risque pas de s'y faire assaisonner à la mitraillette. Je n'aime guère glisser sur cette pente, parce qu'après je suis obligé de boire

(1) Etre bien, à son aise (physiquement parlant).

un peu plus de pots de Saint-Amour que je ne devrais pour essayer de faire remonter mon moral à un niveau convenable. Il y a des gens qui ont la convalescence triste ; ce doit être mon cas. Je me lève, je me secoue et je me chuchote :

— Claudius (prononcez Glaudius), ce que tu as, tu l'as cherché, pauvre mami... Alors, pourquoi te plaindrais-tu ? Personne ne t'a obligé à y entrer au S. R., hein ? Et puis, rappelle-toi ce qu'enseignait le Catherin Bugnard : « Les embiernes te tomberaient moins vite sur le casaquin si tu leur allais pas au-devant, grand benêt. » Tout compte fait, d'ailleurs, par rapport au Pierre Majoret, tu t'en tires bien, non ? Je me retourne sur ma gauche et j'ai une pensée fraternelle pour mon copain qui dort là-bas, au vieux cimetière de la Guille.

Il est plus de midi. Autour de moi, c'est le désert. Pas un Lyonnais se respectant qui ne soit en train de se glisser la serviette dans le col, d'allonger ses jambes sous la table tandis qu'un bon sourire lui éclaire le visage. Je m'attendris en songeant à tout ce qui va couler de Beaujolais dans l'heure qui suit. On ne peut pas dire, mais le Bon Dieu, il ne s'est pas fichu de nous en nous trouvant une place au carrefour du Beaujolais, de la vallée du Rhône, des Dombes et du Dauphiné ! A croire qu'Il nous vouait de toute éternité aux coups de sang, aux coliques néphrétiques, à la goutte et autres misères glorieuses qui sont le douloureux apanage de tous ceux qui savent rendre grâce à l'Eternel dans toutes ses créations.

Pour remonter à Croix-Rousse, c'est plus dur que pour en descendre. Vérité d'expérience dont je me convaincs tous les jours. Mais je grimpe à mon pas, paisible, sans hâte, en rêvant à ce que je vais me faire mijoter pour mon repas. Une manière comme une autre de me mettre en appétit. Au moment où j'arrive à la maison, je vois Mme Augendre qui m'adresse de grands signes. Je force un peu l'allure, des fois qu'il y aurait le feu...

— Qu'est-ce qu'il y a, madame Augendre ?

— Votre oncle est là !

— Mon oncle ?

— Il y a même un bout de temps qu'il est arrivé. Je l'ai gardé chez moi un moment, mais j'avais mon déjeuner à préparer, alors je me suis permis de lui ouvrir la porte de votre appartement. J'ai eu tort ?

— Mais non... mais non...

— Tout de même, vous n'avez pas l'air tellement content ? Pourtant, c'est pas désagréable à voir, la famille ?

— Bien sûr... Je suis seulement un peu fatigué... J'arrive de la Tête-d'Or...

A quoi bon lui rappeler que je n'ai jamais eu d'oncle ? Tout en montant le court escalier menant à l'étage, je me demandais qui s'était installé chez moi... Je grimpai aussi silencieusement que possible sans nourrir beaucoup d'illusions : si l'on me guettait, on avait surveillé mon arrivée. Devant ma porte, j'hésitai. Je tendis l'oreille mais ne perçus aucun bruit susceptible de me renseigner sur les intentions de mon visiteur. Je m'approchai sur la pointe des pieds, mis la main sur la poignée, la fis tourner en retenant ma respiration et lorsque j'eus dégagé le pêne de la gâche, j'ouvris brusquement et, du même moment, me jetai sur le côté. Au lieu de la rafale hypothétique, j'entendis une voix dont l'accent me paralysa :

— Finissez de jouer l'Indien sur le sentier de la guerre, Claudius (et il prononçait bien Glaudius !), ce n'est plus de votre âge, voyons !

M. Durand !... Chez moi ! Je n'en revenais pas. M. Durand est le chef auquel j'obéis depuis six ans, celui qui m'a expédié dans toutes les plus sales histoires du monde, celui, enfin qui m'a envoyé à San Remo y ramasser deux mois d'hôpital. Qu'il se fût dérangé de Paris pour me voir, je ne parvenais pas à le croire. Et pourtant, il était là, assis dans mon unique fauteuil, fumant sa pipe et buvant mon Beaujolais dont il avait su trouver la réserve.

— Alors, mon garçon, vous entrez ou faut-il que j'aille vous chercher par la main ?

J'entrai et refermai la porte derrière moi. Il me montra la bouteille.

— Fameux, votre médicament, Claudius... Maintenant que j'y ai goûté, je ne m'étonne plus que vous ayez l'air frais comme un gardon dans son milieu naturel ! Ça va ?

— A peu près...

— Ne mentez pas, Claudius, c'est inutile. Je ne suis pas là pour vous annoncer que j'écourte votre convalescence. Alors, maintenant, je vous repose la question : comment allez-vous ?

— Assez bien par rapport à ce qui a précédé, mais pas encore d'attaque pour une bagarre au judo, par exemple.

— Personne ne songe à vous en proposer, mon petit.

Il vida son verre avant de soupirer :

— Je vous regretterai, Claudius...

— Me regretter ? Vous me flanquez à la porte ?

— Non, c'est moi qui m'en vais à la fin de l'année prochaine... La retraite... Vous viendrez me voir déguisé en pêcheur à la ligne ?

— Où ça ?

— Sans doute dans le pays de ma femme, vers Châtellerault... Alors, c'est promis, je compte sur vous ?

Je crus discerner comme une fêlure dans sa voix, une inquiétude. J'en eus de la peine parce qu'au fond, je l'aimais, cet homme, qui se faisait appeler Durand.

— Bien sûr que j'irai vous voir... N'oubliez pas que je suis tout seul et, de temps à autre, cela ne doit pas être mal d'avoir une famille.

Sur le moment, j'ai bien cru qu'il y allait de sa larme !

— Bon Dieu, Claudius, vous me faites rudement plaisir... J'ai été bien inspiré de prendre le train hier soir pour Lyon.

— Vous n'êtes quand même pas venu spécialement de Paris pour m'interroger sur ma santé ?

— Si.

— Je suis touché, mais pourquoi ne pas m'avoir convoqué ? Je peux prendre le train, vous savez !

— Je tenais à ce que notre entrevue fût aussi discrète que possible. Je repars par le Mistral tout à l'heure.

— Je vous demande pardon, patron, vous avez déjeuné ?

— Non. Vous avez faim, vous ?

— Plutôt !

— Embêtant... Je préférerais qu'on ne me vît pas en votre compagnie.

— Facile. Vous restez sagement là. Vous finissez

ma bouteille de Saint-Amour et, pendant ce temps, je cours chercher de quoi faire un petit mâchon (1).

Nous avons mangé l'omelette aux fines herbes (ma spécialité) sans mot dire, et ce n'est qu'au moment où nous attaquions l'entrecôte que M. Durand m'a déclaré :

— Il ne vous arrive pas de regretter votre ancien métier ?

— Si.

C'était curieux comme coïncidence...

— Quelquefois...

— Ça vous plairait de le reprendre ?

— C'est une blague ou quoi ?

— Pour un temps, évidemment ?

— Voudriez-vous me faire apprendre à lire aux petits-enfants de messieurs les agents du S. R. ? A toute cette petite graine d'espions ? A moins que ce soit un truc pour me gommer mes six mois de convalescence ?

— C'est-à-dire que si vous acceptiez, on s'arrangerait pour que vous récupériez les trois mois consacrés au service de l'Université jusqu'aux grandes vacances.

— C'est sérieux ?

— Tout ce qu'il y a de sérieux. Et si jamais vous vous plaisiez de nouveau dans ce métier, je ferais en sorte — avant mon départ — pour que vous puissiez le reprendre définitivement avec les années d'ancienneté nécessaires...

Une fois encore l'occasion m'était offerte de recommencer ma vie. Cela me rappelait la conversation que j'avais eue, six ans plus tôt, avec Majoret dans cette

(1) Casse-croûte.

même pièce, conversation après laquelle je décidai d'abandonner l'enseignement. Quel extraordinaire retour de situation... Le patron me regardait, conscient du trouble qui m'agitait.

— Quelque chose qui vous gêne ?

Je lui racontai à quoi sa proposition m'incitait à songer.

— Vous aimiez bien Majoret, n'est-ce pas ?

— C'était mon meilleur ami.

— Vous auriez voulu le venger, si son assassin n'était pas mort ?

— Sûrement !

— Eh bien ! Claudius, je vous demande de m'aider à venger mon meilleur ami dont l'assassin vit encore paisiblement.

— Venger votre... et c'est pour ça que je dois enseigner les mômes ?

— Oui.

Je ne voulais pas le pousser à parler. S'il était venu de Paris à Lyon, grimpant jusqu'au sommet de Croix-Rousse, c'était pour me raconter quelque chose lui tenant à cœur. Je n'avais qu'à attendre. Il ne se décida qu'après le fromage, lorsqu'il eut, de nouveau, bourré et allumé sa pipe.

— Lessoire et moi, nous étions aussi liés que vous pouviez l'être avec Majoret. Il avait pris sa retraite depuis une dizaine d'années, mais on s'adressait encore à lui pour les histoires pas trop dures, celles où il faut plus de patience que de force. Il aimait ça. Il avait l'impression de n'être pas tout à fait au rancart. Il faut souligner que s'il nous avait quittés, c'est qu'il était plutôt abîmé, et abîmé en mission. Vous connaissez Vanargues ?

— Non. Qu'est-ce que c'est ?

— Un petit village sur les bords de la Vézère. Il paraît que c'est très joli.

Je ne comprenais plus. Qu'est-ce qu'il lui prenait, au patron ?

— Il y a deux ans, on nous apprit en haut lieu qu'un certain Barconitch allait arriver en France d'un instant à l'autre avec une délégation de son pays, mais qu'il ne repartirait pas, demandant à notre gouvernement de jouir du droit d'asile. Ce Barconitch était un personnage de premier plan chez lui. Il savait beaucoup de choses sur la politique de son propre gouvernement et offrait en échange de notre hospitalité, de nous rédiger un bon et substantiel rapport sur les buts visés par ses supérieurs immédiats qui dirigeaient le destin d'une nation très importante.

Cela me rappelait vaguement quelque chose sans pouvoir préciser.

— Le marché fut conclu et pour donner à notre homme tout loisir de rédiger son mémoire, on l'expédia à Vanargues où on avait loué pour lui une petite maison. On le fit passer pour romancier désireux d'achever un livre dans le silence de la campagne. Il était accompagné d'un secrétaire qui n'était autre que mon ami Lessoire. Une femme venait tous les jours s'occuper du ménage et préparer les repas. Pendant deux semaines, tout alla bien et puis Lessoire nous apprit qu'un type était descendu au seul hôtel du pays, *Le Cheval Blanc*, et y prenait pension. Ce bonhomme, qui prétendait répondre au nom de Hamelin s'appelait, en vérité, Hamelein. Il était bien connu de nos services comme agent double ou triple, toujours prêt à travailler à n'importe quoi pour n'importe qui. Nous lui fîmes savoir que nous n'avions plus rien à découvrir sur lui et qu'il serait bien inspiré de quitter Vanargues au plus tôt. Il jura qu'il était effectivement là pour sa santé et que le hasard seul l'avait conduit à Vanargues. Il ne comprenait pas, d'ailleurs, pour quelles raisons ce patelin lui serait interdit. L'expulser, c'était lui donner à entendre qu'il se passait quelque chose qu'il ne devait pas voir. Dans ce milieu, les nouvelles vont vite et Hamlein expulsé, d'autres l'auraient remplacé. De plus, le travail de Barconitch s'achevait. Un habitant du village, qui émargea jadis à notre budget pour de petites choses, s'offrit à surveiller notre suspect dont il gagna l'amitié en jouant aux cartes avec lui presque chaque soir.

— Et alors ?

— Le jour même où Barconitch eut terminé son travail, un dimanche, il fut assassiné en même temps que Lessoire.

— Hamlein ?

— Non... C'est vraisemblablement lui qui a organisé l'affaire, mais il n'y a pas pris part. Ce dimanche-là, il est parti dès l'aube en excursion avec notre allié.

— Insoupçonnable ?

— Insoupçonnable. De plus, l'enquête a pu nous permettre de relever des traces de leurs passages aux lieux et heures indiqués pendant toute la journée dominicale.

— La femme de ménage ?

— Impensable. Elle jouit de l'estime de tout le pays et avait été recommandée par le curé.

— Alors ?

— Nous n'en savons pas plus aujourd'hui qu'il y a deux ans.

— Et le document de Barconitch ?

— Nous l'avons retrouvé sur Hamlein.

— Et vous n'avez pas pu l'obliger à dire comment il se l'était procuré ?

— Nous ignorions qu'il était cardiaque. Il nous a échappé avant que nous ne commencions à l'interroger sérieusement. L'affaire a été enterrée, mais pas pour moi ; je ne veux pas m'en aller avant d'avoir vengé Lessoire.

— Alors, rien ? Pas une lueur ?

— Il nous a semblé qu'avant de mourir, Hamlein a dit quelque chose comme « Merci, Elise ». Non, ne vous énervez pas : il y a pas mal d'Elise dans la région !

— Qui a eu l'idée d'envoyer Barconitch à Vanargues ?

— A cela aussi, nous avons pensé. L'enquête a été longue car, comme toujours, on ne se souvient jamais de la personne qui vous a glissé un tuyau auquel, sur le moment, on n'a pas attaché tellement d'importance. Vous savez ce que c'est ? L'un de nos messieurs s'est souvenu qu'au cours d'une conversation, on lui avait parlé de ce patelin comme d'un coin perdu, hors du monde... Il l'a signalé en toute bonne foi à un collègue qui lui-même en a parlé à un autre, etc.

— Et vous n'avez pas pu remonter la filière ?

— Si, mais cela a été long, surtout que nous ne nous y sommes mis que lorsque la présence d'Hamlein a été signalée et nous ne sommes arrivés à la source qu'après le drame. L'indication venait d'un certain Naulot, agent tué en Allemagne, on ne sait pas trop par qui, car l'homme était des plus douteux. A la lumière des événements, on peut croire que ce Naulot, mis au courant de nos projets concernant Barconitch, a parlé de Vanargues au bon moment et à qui il fallait. Puis il a contacté Hamlein qui s'est rendu sur place pour surveiller une opération dont il ne s'est sûrement pas mêlé. Naulot était natif de la région, mais ce n'était sûrement pas son vrai nom. Voulez-vous voir à quoi il ressemblait ?

— Volontiers.

Le patron me montra la photographie d'un homme au visage ouvert, sympathique, et qui faisait penser à ces beaux garçons de la campagne respirant la santé.

— Une bonne tête...

— Quand on a une sale tête, mon petit, on choisit un autre métier, à moins d'être candidat au suicide. Pour moi, Naulot avait un ou des complices sur place et ce sont eux qui ont assassiné Barconitch et Lessoire... Ce sont eux qu'il faut me trouver, Claudius !

— Vous êtes bien bon, mais comment voulez-vous que je m'y prenne ? A peine arrivé là-bas, tout le monde m'aura repéré, chacun de mes gestes sera surveillé, chacune de mes démarches commentée !

— Pas si vous avez un poste officiel qui vous impose de voir beaucoup de monde, d'entrer dans pas mal de maisons, de bavarder avec ceux-ci et avec ceux-là. A ce point de vue, il me semble que le poste d'instituteur est parfait. Qui penserait à se méfier d'un petit fonctionnaire que son métier tient enchaîné sur place ? Le titulaire vient d'être, sur sa demande, muté à Périgueux avec sa femme. Il vous attend pour s'en aller.

— Il m'attend, moi ?

— Vous ou un autre. Il attend son remplaçant mais, si vous le voulez bien, Claudius, ce remplaçant, ce sera vous. Je ne pouvais pas détacher un de mes hommes pendant des mois dans ce village pour une affaire classée et puis, aucun d'eux n'est capable de faire la classe. Vous, vous êtes en convalescence pour six mois encore... Vous acceptez ?

— Mais le ministère de l'Education Nationale...

— Ne vous préoccupez pas de ça. Le nommé Claudius Mérot, instituteur, a été gravement blessé au début de la guerre d'Algérie... Puis durant sa convalescence, il a dû être expédié en sana...

— Vous me comblez ! Car ce Mérot, c'est moi, naturellement ?

— Naturellement. Maintenant, il revient tout à fait guéri mais, ayant besoin de ménagements et de grand air, il doit passer un an en pleine nature par mesure de précaution. D'où cette nomination exceptionnelle à Vanargues qui n'est pas dans votre département d'origine, mais nous manquons tellement de maîtres...

— Vous avez pensé à tout.

— C'est mon métier. Alors ?

Dès le début de notre conversation, je savais que j'accepterais. D'abord parce que je tenais à faire plaisir au patron, ensuite parce qu'en l'aidant à venger son ami, il me semblait que je vengerais Majoret du même coup ; enfin, parce qu'il ne me déplaisait pas de me rendre compte si j'avais encore le feu sacré pour exercer le métier d'instituteur. Dans l'affirmative, ce me serait peut-être une bonne occasion d'abandonner le S. R. pour retrouver une existence plus paisible.

— D'accord.

Il parut soulagé.

— Ouf ! Vous m'enlevez un poids, Claudius, car figurez-vous que je vous ai fait nommer à Vanargues ; vous allez en recevoir l'avis aujourd'hui ou demain.

— Vous étiez donc certain que je marcherais ?

— J'étais sûr, à cause de Majoret, que vous m'aideriez.

— Bon. Et si je repère mon homme, qu'est-ce que je fais ?

— Vous venez tranquillement me le signaler. Pour le reste, je m'en charge. Ce n'est pas à vous que j'apprendrai que nous avons des spécialistes, hein ?

Vendredi, 8 avril.

La visite du patron avait chamboulé le petit univers tranquille où je croyais être installé pour six mois encore. Je ne savais pas si j'étais content ou non ; un peu amer, sans doute, de devoir renoncer, pour l'instant, aux six mois de paresse promis, mais pas tellement fâché de retrouver une salle de classe dont l'odeur caractéristique — je peux bien l'avouer — me manquait et me mettait du vague à l'âme sitôt que sonnait l'heure de la rentrée automnale. C'est curieux comme ce métier, une fois qu'on y a goûté, on a du mal à s'en détacher complètement. Je ne m'arrêtais pas de dresser des bilans plus ou moins flatteurs de mes activités passées. Dans le S. R., j'avais accompli, je pense, ce qu'on attendait de moi, sans me montrer particulièrement exceptionnel. Un bon agent sans plus, mais c'est avec cette catégorie de types moyens qu'on exécute le bon travail, celui qui compte. Dans l'enseignement — je l'ai déjà noté — j'avais été un instituteur honnête. En bref, je semblais destiné à ne briller nulle part, sans en éprouver aucune confusion. Ce qui me gênait un tantinet, dans l'éventualité où je déciderais de redevenir maître d'école après ces quelques semaines de remise en train, c'est de devoir enseigner la morale aux gosses alors que j'avais pas mal de sang sur les mains et que je réintégrais l'université surtout pour jouer les indicateurs et désigner un gars aux tueurs que M. Durand se ferait une joie de lâcher sur le type. Pas joli, joli... mais on ne maintient pas la tranquillité dans un pays avec de bons sentiments ou en s'obligeant à jouer le fair-play. Les gens ne sont sensibles qu'aux apparences et parce que le patron affectait l'allure compassée d'un notaire d'autrefois, Mme Augendre n'avait pu s'empêcher de me confier que mon oncle avait l'air bien comme il faut. Si la pauvre femme s'était doutée que ce monsieur comme-il-faut comptait un nombre impressionnant de meurtres à son actif...

Ma nomination est arrivée ce matin. Je dois rejoindre au plus tôt mon poste où m'attend impatiemment mon prédécesseur pour me mettre au courant et gagner lui-même sa nouvelle affectation. Je me suis penché sur la carte Michelin. Vanargues me semble être un village de bien petite importance, à une vingtaine de kilomètres de Montignac. Pour le calme, on doit y être gâté ; mais à part le calme et les promenades champêtres, je ne vois pas trop ce qu'on peut y trouver de plus. Trois mois au vert, de toute façon, ne me feront pas de mal et si vraiment je m'ennuie trop, j'aurai toujours la possibilité de recommencer dans le S. R., ayant repris bon pied et retrouvé bon œil. Mais saurai-je encore faire la classe ?

Je suis descendu à Lyon et, chez les bouquinistes des rues avoisinant Bellecour, j'ai cherché ces bons vieux « livres du maître » d'autrefois. Je ne me suis pas trop soucié des méthodes nouvelles de pédagogie. Tout ce dont j'avais à me préoccuper, c'était d'apprendre à lire, à écrire, à compter et à tenter d'envoyer au certificat d'études, avec quelques chances de réussite, une poignée de garçons et de filles qui, à moins d'une ou deux réconfortantes exceptions, ne demanderaient qu'une chose : que je leur fiche la paix en attendant l'âge légal d'aider le père dans l'exploitation du domaine ou la mère dans la tenue de la maison.

De retour à Croix-Rousse, je suis allé boire un pot chez l'ami Leroumille qui tient un des derniers cafés où on peut repérer des traces de la petite banlieue de jadis, du temps où Croix-Rousse était encore la campagne. Leroumille, c'est un copain, un vrai, un de ceux qui vous font penser que la vie ce n'est tout de même pas une immense saloperie. De la fenêtre de mon escalier, je vois son jeu de boules où les purs s'entraînent à la longue avec une ferveur qui vous réconforte.

Quand il m'a vu entrer, Leroumille, qui était en train d'essuyer des verres, a posé son torchon et m'est venu droit dessus pour me demander :

— Quelque chose qui ne va pas, Claudius ?

Même à un garçon comme Leroumille, je ne peux pas tout raconter. Je n'ai pas le droit. Il me croit (ou il fait semblant de me croire) représentant de commerce. Jamais, il ne m'a demandé pour quelle maison je travaillais, ce qui, au fond, est bien un peu bizarre parce que des amis comme nous, il n'y en a pas des tas. Lui aussi, il aimait bien Majoret et il se doute que ce n'est pas en essayant de placer la dentelle, des chemises ou des machines à laver qu'on ramasse des balles dans le crâne. Leroumille est la discrétion personnifiée. C'est le bon côté des Lyonnais : ils ne vous posent jamais de questions ; ils attendent que vous leur confiiez ce qui vous chante, un point c'est tout. On les répute méfiants parce qu'ils se refusent à être indiscrets et égoïstes parce qu'ils ne prennent pas tout un chacun pour confident de leurs petites histoires.

On s'est assis devant un pot de Brouilly 1959 que Leroumille garde pour lui et ses intimes. On est resté un moment sans rien dire, à déguster ce Brouilly charnu, avec un fruité qui vous emplit la bouche et une sève qui, au deuxième verre, commence à vous dégager sérieusement le cerveau. C'est au troisième que j'ai lâché la nouvelle.

— Je repique dans l'enseignement, gone...

Il a fait : « Ah ?... » Et puis, sans avoir l'air de rien, tout en baissant le nez sur son verre, il a ajouté :

— T'en as assez de la représentation ?

— Après ce qui m'est arrivé, tu sais...

— Bien sûr, gone, t'es certain de pas t'ennuyer en classe ?

— Je me sens d'attaque !

— Rappelle-toi ce que disent les vieux, Claudius : « C'est pas tout de commencer que d'arriver au bout. » Et où tu vas ?

— Dans la Dordogne... un petit patelin sur les bords de la Vézère.

— C'est loin de chez nous...

— Dans les 400...

— Une trotte... Faudra que je t'envoie du Beaujolais si je veux pas te voir oublier la civilisation ! Mais, au fond, t'as raison, Claudius... ce métier que tu exerçais, il n'était pas pour toi... Et comment ça se fait que tu ne m'en aies pas parlé ?

— C'est une occasion qu'on est venu m'offrir avant-hier... J'ai hésité... Tu comprends ?

— Ouais... Je croyais qu'on devait obligatoirement te nommer dans ton département d'origine ? T'as pas fait tes écoles en Dordogne ?

— Je vais t'expliquer : il y a pénurie de maîtres... et après mon absence, il ne faut pas que je me montre trop regardant.

Mme Augendre a été moins difficile à convaincre. Elle s'est dite heureuse de mon retour au fonctionnariat parce que c'est du sûr. Elle m'a juré sur la tête de son défunt mari qu'elle continuerait à prendre soin de mon « chez-moi » et qu'elle m'attendait pour les grandes vacances.

En somme, tout le monde était d'accord pour me féliciter de ma sagesse, si bien que j'ai fini par me convaincre que j'agissais au mieux de mes intérêts. On a toujours besoin de l'approbation des autres pour se donner raison.

Mardi, 19 avril.

A Perrache, quand je suis monté dans le train devant m'emmener à Clermont-Ferrand où je prendrais la direction de Brive, j'en étais toujours à me demander si je commettais ou non une sottise. Je ne parvenais pas à me persuader — fût-ce pour me mettre l'esprit en repos — que je partais pour une simple mission pas tout à fait du genre habituel, mais une mission tout de même. Je savais très bien que j'abandonnais le S. R. pour redevenir instituteur. D'un côté, cela ne me déplaisait pas, mais, d'un autre, j'éprouvais un peu l'impression de trahir mon pauvre Majoret. Il est vrai qu'en allant venger ce Lessoire inconnu, c'est un peu tous les agents du S. R. tombés en service commandé que je vengerais. Je me rendais bien compte que tout ça, c'était du boniment inventé au fur et à mesure pour tenter de calmer cette espèce de remords qui me pinçait depuis que j'avais donné mon accord au patron. Si j'avais presque tout de suite dit oui, c'était pour ne pas pouvoir revenir en arrière, car, comme dit le Catherin Bugnard : « Il n'y a rien de tel que d'être obligé d'y faire pour y faire. »

Leroumille m'a accompagné jusqu'à la gare avec sa camionnette à cause de ma malle et, en me quittant, il m'a juré qu'il m'envoyait tout de suite un petit fût d'une cinquantaine de litres de Brouilly pour m'empêcher d'oublier Lyon et les Lyonnais. Quand il m'a demandé mon adresse, je lui ai répondu qu'il n'avait qu'à mettre instituteur à Vanargues (Dordogne) sur l'enveloppe. Mme Augendre m'a embrassé comme si j'étais son fils et pour tout vous révéler, lorsque j'ai refermé sur moi la porte de mon petit deux pièces de la rue Joséphin-Soulary, je n'étais pas tellement faraud. Dans ma malle, il y avait mon linge, quelques bouquins et, par mesure de précaution, mon Smith & Wesson 38, avec son holster. On ne sait jamais, pas vrai ?

Je ne suis pas ennemi de l'automobile, mais j'aime bien le chemin de fer. Confortablement installé, je regardais ces paysages, aimables quelquefois, sévères le plus souvent, que le rail coupe à partir de la capitale auvergnate. La Dordogne, c'est déjà le Midi. Je n'ai rien contre les Méridionaux, au contraire, mais, pour si agréable que le Périgord puisse se montrer à moi durant cette fin d'année scolaire, je n'y renouvellerai sûrement pas mon bail, car une civilisation qui n'a pas été imprégnée, imbibée par le Beaujolais, sera toujours, à mes yeux, une civilisation de seconde main. J'avais complètement oublié ma mission de mort pour me persuader que j'allais normalement occuper un poste d'enseignant. Par-là s'affirmait inconsciemment en moi la volonté de transformer en séparation définitive l'espèce de congé qui m'éloignait — en gros — du S. R. Evidemment, je tenais à faire plaisir au patron et à lui dénicher le meurtrier de son copain Lessoire mais, sincèrement, je n'avais pas l'intention de me rendre odieux à la population de Vanargues pour retrouver un criminel sans doute étranger au pays et depuis longtemps enfui. Au surplus, Hamlein avait payé. Il devenait exigeant, M. Durand, sur ses vieux jours...

Vanargues est desservi par la gare de Lachaux, mais cette affirmation inscrite dans l'horaire des chemins de fer est toute gratuite car, si Vanargues se trouve effectivement à trois kilomètres de la station ferroviaire, Lachaux, qui la revendique pour sienne, est à deux kilomètres huit cents ! De toute façon, lorsqu'on a remis son billet au préposé à cet effet, que vous vous rendiez à Vanargues ou à Lachaux, vous vous trouvez devant un désert, aimable sans doute, mais désert tout de même, qu'il vous faut franchir en portant vos bagages. Seulement, ces détails, vous ne les connaissez qu'après.

Il régnait une chaleur d'orage et de gros nuages noirs s'installaient peu à peu dans le ciel lorsqu'à dix-neuf heures, après avoir erré paresseusement à travers les paysages d'une sereine beauté, nous finîmes par arriver à Lachaux. A première vue, c'était sympathique : un grillage, le long d'un terre-plein, emprisonnait des volubilis et d'énormes tournesols regardant passer les wagons de leur gros œil bête. Une sonnerie tintait éperdument sans que personne parût s'en soucier. En somme, une petite gare blanche et rose, au maintien modeste, ayant l'allure d'une fillette à qui l'on aurait permis de descendre au salon, sous la condition qu'elle s'y tînt bien sage. Le chef de gare — homme d'équipe à qui je remis mon billet — m'apprit l'éloignement de Vanargues en même temps que l'absence de tout moyen de communication. Mon retour à une existence normale commençait mal. Je convins avec le fonctionnaire de la

S. N. C. F. que j'enverrais prendre ma malle et décidai de gagner l'école à pied, ma valise à la main ou sur l'épaule. Je n'étais pas autrement emballé et, devant la gare, je mesurais sans entrain le chemin qu'il me fallait emprunter, un bougre de chemin costaud, avec une échine ravinée par les charrois. Aussi loin que la vue portait, ce n'étaient que haies verdoyantes, terres soigneusement cultivées, et des arbres que la nouvelle saison nimbait de vert tendre. Comme je me mettais en marche avec autant d'entrain que le condamné se rendant à son supplice, je vis déboucher du tournant situé à deux cents mètres une carriole tirée par un âne qui ne paraissait pas autrement pressé. Je m'arrêtai et attendis, dans l'espoir que cet équipage pourrait au moins transporter ma valise. Le cocher de ce bucolique équipage ressemblait à d'Artagnan, enfin à d'Artagnan tel que je l'imagine : taille moyenne, silhouette mince et nerveuse, visage maigre, olivâtre, qu'une légère moustache d'un noir de jais s'efforçait de rendre féroce sans y parvenir, yeux noirs et perçants qui, pour le moment, m'examinaient attentivement sans que je pusse décider s'ils étaient soupçonneux ou amicaux. Je me demandais de quelle façon présenter ma requête à ce mousquetaire en rupture d'époque, lorsqu'il m'adressa la parole d'une voix où les syllabes dansaient sur des octaves différents :

— Vous ne seriez pas monsieur Mérot tout de même ?

J'étais tellement surpris que je ne songeai pas à répondre immédiatement et me contentai d'un signe de tête. Rasssuré, mon interlocuteur sauta à bas de sa carriole et venant vers moi, il me tendit la main en disant :

— Je m'appelle Alphonse Mangette... Je suis votre prédécesseur et votre collègue... On est venu vous attendre, comme il se doit, avec Epaminondas.

Je sais bien que dans le Midi tout est possible, mais que le héros thébain fût sorti de ses ombres lointaines pour venir me souhaiter la bienvenue dans un pays qu'il avait ignoré, me semblait un peu raide. Sottement, je répétais :

— Epaminondas ?

— C'est mon âne, et je l'ai nommé ainsi parce que le curé en avait un qu'il appelait Agesilas. Il est toujours bon que l'école laïque — fût-ce par le truchement des ânes — marque sa supériorité sur l'école libre. L'abbé Biscarnious, qui n'est point sot, a parfaitement compris le piège et, ne voulant pas que son quadrupède portât le nom d'un vaincu — surtout quand le mien s'affublait du nom du vainqueur — se contenta de le nommer Gégé. Il est vrai que de notre côté, ma femme et moi, nous n'appelons Epaminondas que Mimi ; c'est plus tendre, n'est-ce pas ? Et mon âne est un tendre...

Sans cesser de discourir, Mangette avait pris ma valise pour la déposer dans la carriole, était allé chercher ma malle qu'avec l'aide du fonctionnaire de la S. N. C. F. — un certain Gonzague — il plaça à côté de la valise et, après m'avoir fait asseoir près de lui, Alphonse donna le signal du départ. Sur un rugissement digne de l'antique, le petit âne affublé d'un si grand nom partit doucement, en animal qui sait le prix des heures passées à l'air libre.

Repris par mes souvenirs, je me voyais arrivant à mon premier poste huit années plus tôt. J'étais content sans qu'il me fût possible d'analyser ce contentement, quelque chose pourtant comme la certitude de revenir sur la route que je n'aurais jamais dû quitter et la conviction que, cette fois, je la suivrais jusqu'au bout. En plus modeste, j'éprouvais ce que dut ressentir Ulysse en débarquant à Ithaque où Pénélope l'attendait... J'étais si totalement perdu dans mon passé que je n'écoutais guère Alphonse Mangette, et mon mutisme aurait pu le vexer, mais il parlait tellement qu'il lui était impossible de s'apercevoir de mon silence, donc de s'en offusquer.

— Vous verrez qu'Epaminondas, c'est la douceur faite âne. Prenez-le par la douceur, mon cher collègue. Le sentiment ! Cette bête ne comprend que ça et si je puis me permettre un conseil, ne le brusquez jamais !

J'affirmai chaleureusement mon intention de vivre en excellents termes avec Epaminondas qui m'était, du reste, fort sympathique. Toutefois, je me demandais bien un peu pourquoi mon collègue supposait qu'il me serait loisible de maltraiter cet animal ? Mangette me tira promptement d'embarras en me déclarant avec simplicité :

— Car je vous le laisse avec la carriole pour cinq cents francs. Avouez que ce n'est pas cher ?

Je voulus résister mais sa cordiale bonhomie me faisait honte de mon ingratitude.

— Vous ne pensez pas que je vais le mettre aux bagages ? Vous me paierez à raison de cinquante francs par moi. Vous voyez que je vous arrange.

Les premières maisons de Vanargues venaient à notre rencontre, précédées de jardinets où toutes sortes de fleurs offraient les couleurs chatoyantes de la belle saison. Intarrissable, Alphonse continuait :

— Et puis, vous vous rendrez vite compte qu'Epaminondas, c'est encore ce qu'il y a de mieux dans le pays. Les gosses sont de sales gosses, comme partout, et les parents empoisonnants comme tous les parents, refusant d'admettre que leur progéniture n'est pas géniale...

Nous n'étions pas encore entrés dans Vanargues que Mangette m'avait brossé un tableau si sombre de l'existence d'un instituteur dans ce pays, que je commençais à regretter sérieusement la rue Joséphin-Soulary. C'était ce que mon collègue appelait me documenter sur les difficultés premières. En revanche, il m'apprit son départ pour le soir même, à vingt-deux heures, en vue de gagner son nouveau poste, Terrasson, où sa femme, partie en avant, l'espérait.

Que j'en éprouvasse ou non de l'amertume, force m'était de reconnaître que Mangette ne m'avait attendu que pour me coller Epaminondas.

Mercredi, 20 avril au matin.

La soirée d'hier, je me la rappellerai jusqu'à ma mort. Quand je pense qu'il y en a qui ont besoin de gagner la forêt amazonienne, les glaces de l'antarctique ou les solitudes du désert de Gobi pour rencontrer l'aventure, alors qu'il me suffit d'arriver au soir tombant dans un petit village périgourdin pour connaître d'assez rudes émotions !... Mais il faut que je prenne par le commencement, sinon je m'y perdrai.

Vers huit heures moins le quart, sous un soleil rasant, Mangette arrêta son équipage devant l'entrée d'un café ayant pour enseigne *Le Cheval Blanc*. Du premier moment, j'étais au cœur du drame, puisque d'après mon patron, c'était dans ce petit hôtel qu'avait logé l'homme, cause indirecte de la mort de Lessoire. Tout de suite, il m'incombait d'ouvrir l'œil et le bon. Sitôt que, sautant à bas de la carriole, j'eus rejoint Mangette, Epaminondas s'en fut paisiblement s'installer sous le feuillage d'un platane familier, en mettant carrément la voiture en travers de la route. Inquiet à la perspective d'accidents possibles, j'attirai l'attention de mon collègue sur l'attitude dangereuse adoptée par « notre » quadrupède au cas où quelque impatient viendrait à passer et ce d'autant plus que la voiture ne possédait pas le moindre éclairage. Mangette leva vers moi un regard stupéfait :

— Mais, pauvre, qui voulez-vous qui passe ?

La table à laquelle nous nous assîmes offrait des traînées poisseuses où des mouches imprudentes se prenaient qui une aile, qui une patte. Au mur, une affiche sur la répression de l'ivresse se dissimulait honteusement entre deux réclames pour des apéritifs rivaux. Au milieu de la salle, un billard trapu, dont un des pieds compensait au moyen d'une brique un raccourcissement nuisible à l'équilibre de l'ensemble, se reposait des fatigues du dimanche précédent, en attendant paisiblement, sous sa housse, celles du dimanche à venir. Il régnait un silence gluant où l'écho d'invisibles travaux nous parvenait par bouffées.

Essayant en vain de rattraper un chignon qui s'écroulait, une fille brune vint nous demander ce que nous désirions. Avec cette familiarité méridionale toujours interdite à nous autres Lyonnais, Mangette entama la conversation :

— On ne te dérange pas, Elise ?

Elise !... Le prénom qu'avait murmuré Hamlein avant de mourir ! Cette servante quelque peu avachie devait bien être capable de tout pour de l'argent... Quoi de plus simple pour Hamlein que de soudoyer Elise appelée à servir d'intermédiaire entre le tueur et lui ? Dans ce cas-là, elle connaissait l'assassin. Comment mon chef n'y avait-il pas songé ? Il est vrai que nous sommes habitués à tant de complications que les événements les plus élémentaires aux conséquences les plus simples nous échappent. Nous n'y sommes pas rompus. Celle que je tenais déjà pour plus que suspecte renifla bruyamment avant de répondre :

— C'est selon... On n'est pas habitué, en semaine, à ces heures...

— Et Mirabeau, il est là ?

— Il s'occupe avec le cochon. Si vous voulez, je le préviens ?

— Tu seras gentille.

— Et à part ça, vous prendrez quoi ?

Histoire de me rendre compte si les vins de Bergerac seraient capables de tempérer ma mélancolie beaujolaise, je réclamai une bouteille de Côtes de Bergerac. Mangette ramassa ma commande au vol pour la lancer à Elise.

— Alors, une chopine de Bergerac supérieur, ma toute belle, et Mirabeau si tu peux !

La servante partie, Mangette m'expliqua :

— C'est le seul endroit possible, ce bistrot. Je venais y jouer la partie de belote presque tous les soirs. Quand elle est bien lavée, Elise n'est pas tellement dégoûtante. Quant au taulier, c'est un bon gars sans qu'il... Oh ! Mirabeau, ça va comme tu veux ?

Par-dessus ma tête, Mangette interpellait le maître des lieux. Je n'osais pas me retourner de crainte de manquer aux convenances, mais « on » fit le tour de la table pour venir me regarder en face. Mon collègue nous présenta l'un à l'autre. Mirabeau portait une chemise vert pomme-pas-mûre. Le reste du bonhomme disparaissait derrière cette tache de couleur agressive et semblait sale. Cette chemise m'hypnotisait au point que je ne sus que dire et me cantonnai dans un mustime grossier. Il y eut un froid durant lequel Mirabeau m'examina sans sourciller. Afin d'alimenter une conversation anémique, Mangette raconta qu'en se rendant à la gare, il avait croisé l'abbé Biscarnious, et que ce dernier s'était permis de lui jeter en plein visage un gros regard de mépris. Mon prédécesseur, merveilleux à voir, expliquait la grandeur de l'offense, en dénonçant les intentions multiples et perfides. On pensait à Achille prêt à se retirer sous sa tente et lançant avec force détails aux Grecs assemblés les raisons de sa conduite. Au seul nom du prêtre, Mirabeau avait changé d'aspect et de poireau devenait coquelicot tant sa figure s'injecta, ce qui, sur sa chemise verte, amenait un effet gentiment printanier. Le cafetier ouvrit la bouche, aspira bruyamment, souligna son indignation en cognant sur la table et flanqua un coup de gueule qui dut être entendu jusqu'aux limites de la commune :

— Un monstre de nature ! Rien d'autre qu'un monstre de nature ! Voilà ce que vous êtes, je dirais à ce Biscarnious si je le rencontrais et... si je le pouvais !

Cette violence n'expliquait-elle pas la mort de Lessoire et de son protégé ? Qui se serait méfié d'un homme ayant pignon sur rue ? Une complicité réunissant ce Mirabeau, sa servante Elise et Hamlein m'apparaissait fort plausible. Je voulus sonder la mentalité de ce furieux :

— Et pourquoi ne le pourriez-vous pas ?

Mirabeau resta la main en l'air, me regarda longuement pour voir si j'étais sincère et, haussant les épaules :

— Cette question !... Parce qu'il est plus fort que moi, tiens !

Je m'imposai de ne pas sourire. Mangette vint à la rescousse de Mirabeau.

— Vous ne connaissez pas cette brute ensoutanée, mon cher collègue !

Voilà bien ma chance ! On me replongeait dans les colères poussiéreuses de l'école laïque et de l'école confessionnelle ! On me transformait, sans me demander mon avis, en soldat d'avant-garde alors que je suis l'homme le plus conciliant qui soit sur ce chapitre ! Comme s'il devinait mes réticences, Mangette nourrissait son argumentation de preuves destinées à me convaincre :

— Tenez, pas plus tard qu'il y a huit jours, le fils Ripalet, Clovis, le garçon de la mercière, il croise l'abbé à la sortie du bois de Vinches. Bien innocemment, pour rire quoi, il imite le cri du corbeau, vieille plaisanterie laïque et républicaine qui n'a jamais porté tort à personne. Mais voilà l'autre qui retrousse sa soutane et flanque une tripotée au Clovis, une tripotée à le tuer !

Grave, Mirabeau confirma :

— Même que le fils Ripalet, je l'ai vu hier. C'était la première fois qu'il sortait depuis son assassinat. Il faisait pitié. Seulement, ses meurtres, l'abbé les commet toujours sans témoin, autrement il y a longtemps que notre maire l'aurait fait envoyer au bagne !

Mangette hocha la tête et renchérit :

— Au bagne et peut-être même plus loin !

Sans qu'on prît trop garde à elle, la nuit se glissait dans le café. D'abord, elle atténua la clarté venant du seuil et gomma les rigoles de la table. Bientôt, elle atteignait le fond de la pièce, lâcha un moment l'extrémité inférieure de la boîte où la Fanny attendait d'impudiques baisers, puis l'absorba d'un élan et se jeta sur l'affiche réprimant l'ivresse publique, la dévora avant que sa grande bouche d'ombre ne vînt frôler nos poitrines. Déjà, nos jambes se perdaient dans le noir. En face de moi, la chemise de Mirabeau perdait de son agressivité et, s'estompant, gagnait une patine de bronze vieilli à l'air.

Depuis plus d'une heure, j'écoutais conter — la mort dans l'âme — les méfaits de ce prêtre redoutable et j'enrageais de m'être fourré dans un pareil guêpier. Je n'étais pas encore arrivé dans ma nouvelle demeure que le temps me durait de retrouver ma rue Joséphin-Soulary. Je n'éprouvais nulle envie de me battre avec le champion du clergé ! Et ce d'autant plus qu'une partie de la population de Vanargues tenait pour l'abbé Biscarnious, tandis que l'autre partie se serait fait tuer pour le maire. Au soir du 14 juillet, plus de la moitié de la population (dans les cinq cents têtes) défilait avec des lampions et de la musique, alors que le reste des habitants demeuraient enfermés chez eux, suppliant Dieu de revenir encore au moins une fois sur terre pour en chasser les Républicains. En revanche, pendant que les ouailles de l'abbé Biscarnious s'égaillaient à travers champs, lors du 15 août, en une procession dont l'harmonie de la Saint-Joseph soutenait la ferveur, les amis d'Honoré Verduraz, le maire, se rencontraient en un tournoi de belote où, entre deux levées, on raillait les superstitions ataviques tout en sommant l'Eternel de venir se justifier. Au cours d'un arrêt de la conversation, Mangette s'aperçut tout à la fois qu'il était plus de vingt et une heures, que la nuit était complètement venue et qu'il lui restait quarante-cinq minutes avant le départ de son train. Il se leva d'un bond :

— Je vous mène à l'école, collègue, et je retourne à la gare à pied !

Avant de quitter ce quartier général de la laïcité, je dus subir un dernier philippique de la part du cafetier :

— Cet abbé, on me le mènerait tout ligoté que j'aurais plaisir à le mordre, à le piétiner, à le tuer deux fois au moins !

Quand je fus de nouveau installé dans la carriole, Mirabeau grimpa sur le marchepied pour me glisser à l'oreille :

— Si vous le rencontrez, n'attendez pas qu'il vous attaque. Foutez-y un coup de pied au ventre ! Vous entendez ? Au ventre !

J'avais, de plus en plus, la très fâcheuse conviction que je devrais mener mon combat particulier contre le meurtrier de Lessoire au milieu d'une bataille générale, ce qui n'arrangerait en rien mes affaires. Mangette devina-t-il mes inquiétudes ? Eprouva-t-il le remords d'avoir été trop loin ? Toujours est-il que, posant sa main sur ma cuisse, il me confia :

— Vous savez, ce qu'on dit, c'est manière de parler. Chacun ne va pas à la retraite aux flambeaux ou à la procession, c'est entendu, mais ça n'empêche pas qu'on se retrouve tous après la cérémonie pour vider une bouteille et jouer aux boules ! C'est comme Mirabeau, lorsqu'il se rend à la foire de Montignac et qu'il rattrape l'abbé sur la route, il lui fait une place dans sa voiture. Il faut savoir vivre, pas vrai ? Seulement, il faut bien aussi qu'on raconte quelque chose...

Les héros comme je les aime...

L'air sentait le chèvrefeuille, la sueur d'âne et le tabac, quand nous arrivâmes devant l'école ou, du moins, à l'endroit où je supposais que devait être l'école car les gros nuages noirs de la soirée masquant aussi bien la lune que les étoiles, nous étions plongés dans une obscurité opaque. Mangette me déclara pourtant avec chaleur :

— Vous voilà chez vous !

Je laissai mon collègue descendre le premier. J'entendis le grincement d'une grille et, tout de suite, la voix de Mangette me hélant :

— Tenez au moins le portail que je fasse entrer Epaminondas ?

Derrière la grille, il devait y avoir un jardin et, sans doute, une fontaine, car on percevait le bruit clair d'une eau tombant par saccades. J'attendais que mon compagnon me guidât jusqu'à la maison, lorsque dans l'atmosphère s'alourdissant d'instant en instant, nous arriva l'écho de la cloche annonçant le quart. Mangette gémit :

— 21 h 15 ! Et mon train qui est à 22 heures et j'ai 3 kilomètres à faire ! Si je le manque, sûr que le sang lui tournera en eau, à ma femme ! La maison est au fond du jardin. Droit devant vous, c'est la cuisine où vous trouverez la lampe à pétrole sur la table parce que l'électricité, on doit toujours la mettre, mais on ne la met pas ! Ah ! j'oubliais : si vous avez besoin de quelque chose, allez chez la Delphine, la première ferme que vous rencontrez en continuant à main gauche le chemin qui passe devant la porte. D'habitude, c'est sa fille Louise qui s'occupe du ménage ici. A présent que vous avez tous les renseignements, je n'ai pas de remords à vous abandonner. Je vous enverrai mon adresse pour nos petits comptes, hé ?

Durant les dernières années qui se sont écoulées, j'ai rempli quelques missions difficiles (pas toujours à la satisfaction de mes chefs, mais on ne peut gagner à tous les coups) et je me suis souvent trouvé dans des situations d'où, à moins d'un aide céleste, je ne voyais pas comment je pourrais m'en sortir. Cependant, jamais encore il ne m'était arrivé de me trouver dans une position aussi invraisemblable que celle où Mangette me laissa pour filer prendre son train. J'étais au seuil d'un jardin inconnu, plongé dans une obscurité totale, avec l'intention de gagner la maison limitant obligatoirement le jardin, de pénétrer dans cette maison afin d'y dénicher une lampe à pétrole propre à me procurer la lumière dont j'avais besoin pour rejoindre mon lit. Tout était ici rassemblé pour transformer le désir légitime du voyageur fatigué en une épreuve dépassant les capacités d'un homme ordinaire. Pour comble de malheur, ma boîte d'allumettes était vide ! Je la jetai avec un juron qui ne dut pas me concilier les faveurs du ciel. Comme il fallait bien me décider, à moins d'attendre l'aube en m'asseyant à même le sol, j'avançai d'abord avec circonspection puis, ne rencontrant point d'embûche, j'activai l'allure et me retrouvai bientôt à plat ventre parmi les fleurs qui, si j'en jugeai par le goût de celles que j'avais dans la bouche, devaient être des œillets. Je me relevai et me tâtai pour constater que je n'avais rien de cassé. J'en éprouvai un soulagement compréhensible. Soudain, je pris conscience de ce bruit de fontaine auquel je ne prêtai plus attention depuis le début de ma piteuse tentative. Mais quelques notions de géographie humaine me permettaient d'affirmer que là où il y a fontaine, il y a habitat humain ; donc, en me guidant sur cet écho limpide, je me rapprocherais obligatoirement et de mon école et de mon lit. Toutefois, j'y allai prudemment et je fus bien inspiré car, au bout d'une quinzaine de pas, j'entrai tout droit dans une haie de troènes dont une branche manqua m'éborgner. Le bruit clair de l'eau tombant dans un récipient se révélait ni plus proche, ni plus éloigné. Le découragement me guettait lorsque le grincement des roues d'une charrette remit tous mes sens en éveil et mon Epaminondas, surgissant de la nuit, glissa gentiment sa grosse tête d'âne sous ma main. De ce moment, j'eus la certitude qu'Epaminondas et moi pourrions braver toutes les méchancetés d'une société fanatisée par le maire et par le curé. J'entourai de mes bras la grosse tête poilue et mis un fraternel baiser sur la chaleur molle de son museau. La réponse ne se fit pas attendre et d'une langue dont la douceur évoquait la râpe à fromage, mon copain d'âne, me retroussant la figure, plaqua sur tout un côté de mon visage une énorme caresse parfumée de sainfoin et d'ail sauvage.

Dégoûté, presque décidé à renoncer à découvrir mon gîte, je ne voulus pas que mon camarade souffrît de mon incapacité. Je le dételai à tâtons, prenant souvent sa queue pour une courroie. Je sentais qu'il me regardait faire et que mon inexpérience nimbait ses yeux d'une profonde tendresse. Pour me guider, il me tendait tantôt le flanc, tantôt la croupe. Je réussis tout de même à enlever le harnachement au complet et mon Epaminondas, tout nu, sortit des brancards que j'oubliai de retenir et qui frappèrent lourdement le sol en tombant. Je m'aperçus alors de la fraîcheur de l'air et l'envie me tenailla de boire quelque chose de chaud. Les bras tendus en avant, dans l'espoir d'amortir le choc d'une rencontre imprévue, je repartis à l'aventure, suivi de mon âne. Brusquement, mon pas sonna sur un sol carrelé et je heurtai ce que je crus être le manteau d'une cheminée. Epaminondas, à son tour, pénétra dans la cuisine et le bruit de ses sabots sur le carrelage fit éclater le silence. Je me penchai pour explorer le plus loin possible sans trop changer de place et dans le seul espoir de toucher la table et peut-être la lampe, lorsque j'entendis un bruit de pompe aspirante : mon quadrupède buvait. Il avait été plus malin que moi. Dans l'obscurité, ma main rencontra son poil. Pour savoir de quoi il se désaltérait, je suivis d'un doigt précautionneux la ligne de son échine et... j'aboutis à sa queue. Je rebroussai donc chemin et cette manœuvre m'amena à ses oreilles, de là à son museau, puis au pot où il buvait un liquide que j'eus tôt fait de reconnaître pour du lait. Cependant, il aurait pu m'en laisser un peu ! L'égoïsme ne serait-il pas le propre de l'homme ou s'affirmerait-il l'état naturel par excellence ?

Lassé de jouer à colin-maillard et après avoir successivement mis ma main dans un liquide visqueux que je ne pus définir en le humant, dans les crins d'un balai qu'on avait placé contre le mur la tête en haut et dans l'œil d'Epaminondas, je m'assis sur le carrelage, résigné à guetter le retour d'une aube encore lointaine pour pouvoir circuler dans la maison et y trouver, enfin, le lit auquel j'aspirais lorsque les derniers mots de Mangette chantèrent dans ma mémoire : « ... si vous avez besoin de quelque chose... la ferme de la Delphine... la première... à main gauche. »

On dira ce qu'on voudra, mais un tronc d'arbre ce n'est pas tellement gros et il y a de la place de chaque côté pour passer sans embûche... Eh bien ! dans cette nuit d'encre, toutes les deux minutes en moyenne, je télescopais une écorce rugueuse contre laquelle, par deux fois, je m'écorchai durement le nez. La seconde fois surtout en dépit des précautions prises et pendant un court instant, l'ombre fut pour moi traversée d'éclairs. Alors, le sentiment de mon impuissance m'écrasa. J'avais le moral du soldat qui, ayant combattu jusqu'à l'extrême limite de ses forces, s'abandonne à son destin. En guise de consolation, je me répétais cette profonde remarque de Catherin Bugnard : « Y a pas de pays au monde où on ne s'en voye autant que sur cette pauvre terre. » Et quand je pense qu'il y a des gens pour s'imaginer que les agents des services spéciaux sont des surhommes très au-dessus des contingences de l'existence quotidienne !...

Je crus d'abord à une étoile ou à une planète qui, s'ennuyant dans le ciel, serait venue vagabonder sur la terre. Je mis un certain temps à me rendre compte que j'approchais d'une ferme et que l'étoile n'était qu'un rayon de lumière qui, à travers une fenêtre mal fermée, giclait dans la nuit. A mesure que j'avançais, la maison de la Delphine — j'étais convaincu qu'il ne pouvait s'agir que de la demeure de l'amie de Mangette — sortait de l'ombre. Ce fut d'abord une cheminée que je dénichai entre deux étoiles, puis l'arête d'un toit dont on ne pouvait deviner où il finissait. Enfin, une fenêtre montrant le vernis froid de ses carreaux sans clarté. J'arrivai à une porte cloutée dont un fer à cheval ornait le panneau supérieur. De l'intérieur, un chien aboya et vint renifler sous la porte, poussant une sorte de gémissement où je devinai les colères entassées de milliers d'ancêtres canins empêchés de mordre un intrus. Une voix paisible demanda :

— T'as fini, Coquet ?

Mais Coquet s'étrangla de rage à l'idée que par suite de la stupidité de son maître et de cet obstacle infranchissable qu'était la porte, je risquais de repartir sans qu'il eût pu me planter ses crocs dans les mollets. La voix reprit :

— Regarde voir ce qu'il a, le Coquet ?

Je heurtai l'huis afin de prendre les devants.

Sous la lampe, ils étaient trois formant un bloc épais que la lumière n'arrivait pas à séparer. Je me présentai tout en m'excusant de troubler l'intimité d'une famille qui ne me connaissait pas. Lorsqu'on se fut assuré de mon identité par quelques questions aussi précises qu'indiscrètes, on se leva pour m'honorer et lorsque j'eus ajouté que je venais sur les conseils de Mangette, on se serra pour me donner une place. Incontestablement, la Delphine s'affirmait la maîtresse de la maison. Une grande femme solide dont les appâts s'étaient lentement transformés — sous la double action du travail et de l'âge — en masses musculeuses. Firmin, son mari, me parut être un homme paisible, mettant toute son ambition à manger, boire et fumer en paix, ne parlant que lorsqu'on lui demandait son avis, ce qui devait être assez rare. Enfin, une belle fille, bâtie comme une athlète lanceuse de poids ou de disque et dont les gestes avaient la lenteur des bêtes fortes. Je sus très vite qu'il s'agissait de Louise, l'enfant unique de Delphine et de son Firmin.

Sur une demande cordiale de la Delphine, je ne mis aucun amour-propre à convenir que je n'avais pas mangé. Il restait un peu de soupe. Je l'acceptai avec gratitude tout en souhaitant que le nommé Coquet, en train de renifler mes pantalons d'un air dégoûté, ne se doutât point que je lui volais son bien. Un morceau de fromage de chèvre, un quignon de pain, une bouteille d'un vin assez gaillard achevèrent de me rendre une vue plus sereine des événements. J'entrepris de payer mon écot en racontant mes mésaventures depuis mon arrivée à la gare de Lachaux. J'en étais à ma réception au café-restaurant-hôtel du *Cheval Blanc* lorsque la Delphine m'interrompit pour déclarer d'un ton sans réplique :

— Le Mirabeau, c'est un moins que rien !

Sur le moment, je ne compris pas pourquoi les amis de Mangette pouvaient se montrer hostiles envers le cafetier qui partageait leurs idées. Je me lançai — sûr de mon triomphe — dans la pénible aventure du jeune Ripalet se faisant rosser par l'abbé Biscarnious. Contrairement à mon attente, la Delphine ne se dérida pas. Au fur et à mesure que j'avançais dans mon récit, je m'apercevais que cela plaisait de moins en moins à mon hôtesse qui, d'un geste autoritaire, enleva la bouteille de vin demeurée sur la table. J'eus l'intuition d'une catastrophe et que je m'étais fourvoyé dans le parti de l'abbé. Pour m'en assurer, je risquai :

— Au fait, ce Ripalet, il la méritait peut-être bien sa correction ?

J'avais touché juste ! Je le compris au soupir gonflant la généreuse poitrine de la Delphine et au défroncement de ses sourcils coléreux. Prenant un subit intérêt à mon discours, la Louise releva la tête. Cyniquement, j'essayai d'accentuer mon avantage :

— La jeunesse d'aujourd'hui ne respecte plus rien...

— Ça dépend laquelle !

Je frémis, craignant d'avoir blessé l'orgueil maternel de la maîtresse de maison. Lâchement, je rectifiai :

— Je veux dire celle qui est élevée sans principes et en dehors de toute religion.

— Vous, au moins, vous raisonnez bien !

Souriant d'un air attendri, la Delphine reposa la bouteille devant moi. J'étais pardonné. Puis, avec une véhémence qui m'émerveilla, mon hôtesse partit dans une violente diatribe à l'égard du maire, Honoré Verduraz, qu'elle accusa de tous les méfaits possibles et imaginables. Qui croire, de Mirabeau ou de la Delphine ? Je penchais pour cette dernière, d'abord parce que je savais avoir besoin d'elle matériellement, ensuite parce que le cafetier était un suspect excellent et ce d'autant plus que sa servante se prénommait Elise. Au fond, en dépit de mes incertitudes touchant l'attitude qu'il me faudrait adopter pour ne point me mettre à dos le maire ou le curé, je me sentais confiant quant à ma mission. J'étais persuadé d'arriver très vite à sa solution.

Après que j'eus ramené la détente en contant par le menu mes malheurs depuis que Mangette m'avait abandonné devant l'école — ce qui eut le don de les faire tous rire, y compris le silencieux Firmin tant il est vrai que rien ne nous divertit davantage que les embêtements d'autrui — on convint que Louise viendrait chaque matin nettoyer mon gîte, préparer le repas de midi et celui du soir, s'occuper de mon linge et acheter tout ce dont jaurais besoin, à charge pour moi de rembourser les dépenses chaque fin de mois, en même temps que je paierais les gages. Une nouvelle bouteille scella notre accord. L'euphorie se révélait telle que je me risquai à pousser une pointe en me disant qu'après tout, il n'était pas prouvé que pareille occasion se représenterait.

— A Brive, un individu que je ne connaissais pas m'a confié — quand il a su que je me rendais à Vanargues : « Vous allez dans un coin qui a servi de décor à un crime drôlement mystérieux, il y a deux ans... » Naturellement, vous êtes au courant ?

Tous trois parurent gênés. Enfin, la Delphine grommela d'une voix changée :

— Y en a qui peuvent pas tenir leur langue, c'est à croire ! Oui, on a eu un crime affreux... une maison qu'est pas loin de votre école... Vous tournez à droite quand vous êtes au chemin de chez vous... Un écrivain qui a été tué en même temps que son secrétaire... Une horreur ! J'aime mieux pas en parler parce que je dormirais pas de la nuit...

Je jouais les naïfs :

— Vous êtes sensible à ce point-là ?

— C'est pas ça, mais je les connaissais bien tous les deux... C'était moi qui tenais leur ménage.

La nouvelle me coupa le souffle. Sans m'en douter, chez Mirabeau d'abord, chez la Delphine ensuite, du premier coup, j'étais parvenu à la source des renseignements. J'éclaircirai cette affaire et Lessoire sera vengé !

— C'était des gens bien ?...

— Qui ça ?

— Les deux hommes qu'on a assassinés ?

— Oui... de bons et honnêtes chrétiens. Ils doivent être près du Seigneur maintenant comme tous ceux qui ont subi une mort injuste. Ça vous intéresse, les crimes ?

— Quelle idée !

— Vous demandez... vous interrogez sur ces deux malheureux...

— Non... simplement, je n'aime pas les crimes impunis.

— Pour celui-là, si le coupable n'a pas été pris, c'est qu'on n'a pas voulu.

Firmin intervint pour la première fois depuis mon entrée. Il avait une voix qui grinçait comme un gond rouillé.

— Vaudrait mieux te taire, Delphine... Rappelle-toi : jugez pas et vous serez pas jugé !

Je maudis intérieurement cet importun sans qui mon enquête eût peut-être été tout de suite orientée. Peu habituée à s'entendre donner des conseils, Delphine ouvrit la bouche pour répliquer, mais elle la referma sans mot dire, haussa les épaules et se retournant vers moi :

— On va se coucher à présent...

Elle me congédiait. Je ne pouvais feindre de ne pas deviner l'invite. D'ailleurs, la Delphine était femme à mettre les points sur les I s'il le fallait.

— Pourriez-vous me prêter une lanterne ?

— Louise vous accompagnera.

Dans la nuit épaisse où passaient des senteurs multiples, je marchais derrière la fille que sa lanterne éclairait de la taille aux pieds. Le balancement de sa jupe au rythme de sa marche, le dandinement de ses hanches m'émouvaient comme m'attendrissaient le claquement de ses sabots et l'inélégance de ses bas de coton. Jusqu'ici, je n'avais guère eu le temps de penser aux femmes, sinon pour m'en méfier. Parce que j'avais été élevé à la campagne, mes rêves tendres ne se peuplaient jamais de divinités frêles ployant leurs têtes alanguies sous des casques de cheveux dorés, mais au contraire de vierges robustes prêtes à l'amour comme au combat. Parfois, dans les bouffées d'odeurs que la bise me plaquait au visage, je distinguais celle de la Louise et cela me mettait des fourmis jusqu'au bout des doigts. Je me demandais, incertain, quelle serait sa réaction si je m'avisais de la prendre dans mes bras. Au fond de mon cœur trop longtemps assoupi, l'animal qui y sommeille se mettait à grogner. Je me rapprochai de la jeune fille, prêt au geste définitif. Seule l'ignorance de ce qui s'ensuivrait m'arrêtait encore. Elle était de force, si mon assaut lui déplaisait, à m'envoyer directement dans le pré que nous longions me rafraîchir les idées ! D'autre part, un échec me priverait de ses services ménagers et ma situation d'instituteur ne pourrait que souffrir des explications que la demoiselle se hâterait de fournir à tout un chacun. Sans compter qu'un fiancé inconnu de moi, mais pourvu de biceps imposants, pouvait venir me demander réparation d'un outrage avorté. Néanmoins, tel le général qui, fermant volontairement les yeux sur son destin en cas d'échec, risque la fortune de son armée et celle de son pays sur une intuition, j'allais prendre Louise, par la taille quand elle s'arrêta pile en disant :

— Oh ! monsieur Mérot !... votre âne qu'est venu à nos devants !

C'était en effet, mon âne qui, sans doute fatigué de m'attendre, s'amenait tout doucement, histoire de voir ce que je devenais. Je dus refréner mes ardeurs amoureuses car devant le regard pensif et doux d'Epaminondas, j'aurais eu honte...

Il était tout près de minuit lorsque Louise me quitta après m'avoir montré les aîtres, mis un semblant d'ordre dans la cuisine et conduit Epaminondas dans son écurie, jouxte l'école. Elle ne nous laissa, la brave fille, que lorsqu'elle fut assurée que ni lui, ni moi ne manquions de quoi que ce fût. Je la raccompagnai jusqu'à la grille et suivis longtemps des yeux l'étoile dansante de sa lanterne. Je revins dans ma cuisine, m'assis près de la lampe, bourrai une pipe et j'en savourais la première bouffée lorsqu'on me tira dessus.

devait vivre dans l'angoisse perpétuelle d'être privé d'eau. C'est, du moins, à cela que j'attribuai ses bonds désordonnés. Mais peut-être qu'instruit par une vieille expérience, il devinait aux changements subtils de la fluidité de son habitat, la proche rentrée des classes et s'affolait-il à la perspective de tout ce qu'il allait devoir endurer ? Au fond du jardin, du côté opposé à la salle de classe, se dressait la cabane-écurie où Louise avait reconduit Epaminondas lors de notre rentrée nocturne. J'y fus saluer mon ami. Il me contempla tristement, regarda sa mangeoire vide, se tourna de nouveau vers moi en me signifiant nettement par-là qu'il ne comprenait pas où je puisais le courage de le laisser en un tel besoin. Mais j'ignorais où trouver la nourriture à sa convenance, et le mieux, pour lui comme pour moi, était d'attendre Louise qui saurait sans aucun doute nous restaurer l'un et l'autre.

Ce n'est pas sans une certaine émotion que je posai la main sur le bec-de-cane ouvrant la porte de la classe. Dès le seuil, tout mon passé me sauta au visage avec cette odeur bizarre, indéfinissable que nul universitaire ne peut repérer sans éprouver une sorte de ravissement secret. Je me réinstallai du premier coup, dans un univers qui devait être le mien de toute éternité. La salle était meublée de tables et de bancs entaillés par des canifs insouciants, qui avaient été maniés par le maréchal-ferrant, le facteur, le maire et peut-être le curé. Sans en prendre tout à fait conscience, marchant dans le couloir laissé libre entre les rangées de bancs, je retrouvais l'allure des pédagogues qui m'avaient, autrefois, tenu sous leur férule : le dos légèrement voûté, les mains croisées sur les reins et ce pas égal rythmant le cours de la pensée et du temps.

Dans le placard, je dénichai un superbe globe terrestre. Je m'amusai à faire jouer un rayon de soleil sur l'Afrique lorsque du jardin on me héla. C'était Louise.

Une bougrement belle fille, cette Louise ! A la voir dans le soleil, avec le vent léger qui lui troussait quelque peu les jupes, je retrouvais tous les désirs qui m'avaient assailli sur mon chemin nocturne. Ah ! la tenir dans mes bras et étreindre du même coup le soleil qui la baignait, l'auréolait, la parait ! Je devais avouer qu'à peine assumais-je de nouveau ce métier, je ne pouvais confier aux demoiselles qu'elles étaient jolies... En serais-je donc réduit pour lénifier mes ardeurs amoureuses, à n'embrasser que la terre doucement inclinée sur l'axe de buis que je tenais à bout de bras ?

Je ne voulus point me mettre à table qu'Epaminondas n'eût reçu son déjeuner. La provision de fourrage abandonnée par Mangette et que je n'avais pas su découvrir devait encore durer — aux dires de Louise — une quinzaine de jours ; après quoi, Firmin s'attacherait à ne pas laisser mon âne mourir de faim.

Pendant que je mangeais, Louise nettoyait la cuisine. Ce n'était peut-être pas très hygiénique, mais c'était pratique. Je n'aime pas manger en silence. Comme tout entretien qui commence entre gens se connaissant peu, celui que j'amorçai avec Louise débuta par des aperçus banals touchant l'état de l'atmosphère, les desseins du soleil, la naissance hypothétique de nuages menaçants. Quand nous nous eûmes franchement et abondamment communiqué nos intuitions météorologiques, nous abandonnâmes les hauteurs célestes pour regagner le sol de Vanargues dont nous supputâmes les promesses. Les ressources agricoles de la communes passées au crible, nous remontâmes quelque peu dans l'espace en nous occupant des hommes. Immédiatement, guidée par sa méfiance paysanne, ma Louise se montra plus discrète. Les astres, les choux, on ne peut dire ce qu'on veut, mais les gens, comment prévoir si cela ne leur reviendrai pas aux oreilles ? Toutefois, si elle se tint sur la défensive en ce qui touchait mon prédécesseur, le maire ou Mirabeau, elle ne tarit pas d'éloges sur le compte de l'abbé Biscarnious. A l'entendre, le curé n'était qu'un inoffensif géant, incapable de la moindre brutalité, sauf quand on l'énervait trop. Cette restriction me laissa perplexe.

Je balançais pour décider si je devais ou non lui révéler qu'on avait tenté de m'assassiner. D'une part, cela pouvait me rendre intéressant à ses yeux, mais d'autre part, elle risquait ne plus vouloir revenir dans une maison où il se passait de pareilles choses. Et puis, le romantisme de Louise... Non, tout compte fait, j'estimai préférable de me taire sur ce point, me contentant de demander d'un air aussi détaché que possible :

— Il y a du gibier dans la région ?

— Pas tellement...

— Et des chasseurs ?

— Pas beaucoup non plus, à part le maire et Mirabeau...

Très vite, je réfléchis que le maire Verduraz était un de ceux qui pouvaient le plus facilement se renseigner sur mon compte, et Mirabeau avait une servante nommée Elise...

— Ce sont de bons tireurs ?

— M. Verduraz a remporté un prix, je crois, mais je suis pas sûre... Pourquoi vous voulez savoir ?

— Oh ! comme ça... J'aime bien la chasse...

Il se fit alors un grand silence qui n'avançait pas mes affaires en ce qui concernait mes vues sur Louise. Je crus malin de prendre nos occupations présentes et respectives pour point de départ d'une lamentation savamment dosée sur l'homme privé de femme. Parfois, quêtant un encouragement, je suspendais ma phrase, mais la jeune fille demeurant muette, je repartais dans mes improvisations sentimentales. Parvenu au terme d'une longue période pendant laquelle il m'avait semblé que Louise me regardait avec des yeux compréhensifs, je m'arrêtai à bout de souffle et d'arguments et la fille de la Delphine profita de mon silence pour remarquer :

— Votre côtelette refroidit...

Pour l'émouvoir, je n'avais pas dû trouver le ton qui convenait.

Ayant mangé ma côtelette, j'essayai d'une attaque plus directe :

— Vous ne pensez pas à vous marier, Louise ?

Elle me répondit par ce rire idiot et chevrotant dont les vierges ont l'habitude de masquer leur trouble quand on aborde cette question. J'insistai :

— Une belle fille comme vous a sûrement un amoureux ?

— Je n'ai pas d'amoureux.

Cette réponse, bien que proférée d'une façon revêche, m'emplit de contentement et je trouvai un goût extraordinaire au morceau de fromage qu'on venait de me servir et qui, cependant, par sa dureté, témoignait d'une existence déjà longue. Un verre de vin avalé à la hâte pour éviter l'étouffement me donna l'audace d'un hussard.

— Moi, si j'étais un garçon du pays, il y a longtemps que je vous aurais fait la cour !

— C'est pas des choses qui se commandent...

— On ne vous a jamais dit que vous étiez jolie ?

— Jolie ?

Il y avait une telle naïveté dans sa voix que je me sentis transporté. Il me semblait vivre les aventures de Paul et Virginie, mais d'une Virginie qui aurait changé de gabarit. Tandis qu'elle lavait la vaisselle, je voyais Louise de profil. C'est vrai qu'elle était jolie ; un nez droit, un menton au dessin ferme et, encadrant le front, des cheveux noirs qui bouffaient sur les tempes. Certes, son corps était plus solide que gracile, mais bellement proportionné. Je m'emballais et me persuadais que j'éprouvais déjà une véritable tendresse pour cette fille puissante et paisible. Ma voix tremblait un peu quand je lui demandai :

— Louise... pourquoi ne vous mariez-vous pas ?

Elle interrompit son travail et mon imagination bouillonnait tellement que, durant un court instant, je nourris l'espérance un peu folle qu'elle allait me dire :

— Parce que je n'ai jamais aimé personne... Peut-être que je vous attendais ? Depuis hier soir, je ne peux pas m'empêcher de penser à vous...

Je souriais d'avance à la douce musique d'aveux m'imprégnant l'âme avant même que d'être prononcés. Louise levant un bras, je crus — toujours perdu dans mes songes — qu'elle allait le tendre vers moi, mais elle se contenta d'attraper un peigne qui glissait. Mon enthousiasme s'en trouva refroidi et il sombra définitivement lorsqu'elle m'eut assuré, d'une voix décidée :

— Parce que les hommes sont tous des cochons et des feignants !

Vendredi, 22 avril.

Pendant deux jours, je ne suis presque pas sorti de mon école, ayant pour seule distraction les visites quotidiennes de Louise, toujours aussi indifférente, et les monologues où je prenais Epaminondas comme confident. Mes affaires rangées, les lieux reconnus, mes leçons révisées — et je me rendis compte que je n'avais pas oublié grand-chose de l'enseignement de l'Ecole Normale — je me sentis fin prêt pour guider les garçons et les filles de Vanargues sur les chemins d'approche de la culture. Ouvrir les livres déclenchait le vieux sortilège. Comment avais-je eu la sottise d'abandonner ce métier pour lequel j'étais indiscutablement fait ? Je rêvais d'inaugurer des méthodes nouvelles de pédagogie, tant j'étais persuadé qu'on m'avait appris un tas d'histoires qui ne me serviraient jamais à rien et ce, au détriment d'une connaissance utile du monde immédiatement donnée et qu'un enfant ne connaît que par le jeu.

Je ne pouvais indéfiniment rester confiné dans ma

demeure. Il fallait que le nouvel instituteur se montrât au village et puis le temps me durait d'aller jeter un coup d'œil sur ou dans la maison où avait eu lieu le double crime. L'école se dressait à quelque trois cents mètres des dernières maisons de Vanargues. En sortant, je tournai résolument le dos à celles-ci pour filer en direction de la ferme de Louise mais, parvenu à l'embranchement dont sa mère m'avait parlé, je pris à droite. Presque tout de suite, je me heurtai à la puissante Delphine portant une corbeille de linge dégouttant d'eau sur la hanche.

— Bonjour, Delphine... Vous revenez de faire votre lessive ?

Elle sauta sur l'occasion que je lui fournissais de souffler un peu et, posant sa corbeille à terre, elle gémit :

— On travaille pire que des bêtes... Faudra donner votre linge à Louise.

— Je n'y manquerai pas... Dites, Delphine, votre fille vous a-t-elle dit si elle se plaisait chez moi ?

Elle haussa les épaules :

— Chez vous ou ailleurs, ça n'a pas d'importance, pourvu qu'elle rapporte sa paie.

Malgré mes illusions sans cesse renaissantes, il me fallait me résigner ; la mère, tout autant que la fille, semblait très fortement attachée au côté matériel des choses.

— Elle me plaît bien votre fille, Delphine...

— La Louise plaît à tout le monde. Elle est brave... Mais, je bavarde... et vous, monsieur Mérot, vous allez promener ?

— Je voudrais voir cette maison où a eu lieu ce double assassinat.

— Vous devriez pas...

— Pourquoi ?

— Parce que ce sont pas des choses bien... On doit laisser les morts entre eux et les vivants avec les vivants...

— Elle est habitée, cette maison ?

Elle secoua la tête :

— Non... Personne en a voulu... Elle appartient à des épiciers de Périgueux. Ils ont essayé de la vendre, mais dès que les acheteurs apprennent ce qui s'est passé, ils filent et on les revoit pas. Vous vous y rendez quand même ?

— Pourquoi pas ?

Elle bougonna je ne sais quoi et partit sans me dire au revoir. Décidément, mes penchants, qu'elle tenait sans doute pour morbides, la choquaient.

Je ne pouvais manquer de la reconnaître du premier moment. Une assez jolie demeure, ancienne ferme restaurée avec goût. Bâtie sur un seul rez-de-chaussée, toutes ses pièces ouvraient sur la petite cour intérieure que bordaient, à gauche et à droite, les communs, et à laquelle on accédait par un joli portail en bois. Un endroit où il devait être agréable de vivre dans le calme et la solitude. Les services spéciaux savent choisir leurs refuges. Vraiment dommage qu'Hamlein ait eu une maladie de cœur. Il eût été intéressant d'apprendre qui l'avait renseigné sur la présence de Barconitch et de Lessoire à Vanargues.

Devant le portail, j'hésitai. Il était fermé avec une chaîne qu'un cadenas bouclait, mais dans la haie vive bordant le chemin, il y avait un creux où il serait facile de se glisser. J'acceptais difficilement l'idée d'être venu jusque-là sans pouvoir visiter les lieux du crime, mais, d'autre part, si l'instituteur se faisait surprendre en train de pénétrer par des voies illicites dans une maison fermée par ses propriétaires, on se doute de ce qu'il en résulterait ! Cependant, pour l'heure, je me sentais davantage agent des services spéciaux qu'instituteur. C'est la raison pour laquelle je me suis faufilé dans la cour. Parvenu de l'autre côté de la haie, je tendis l'oreille pour ausculter le silence chaud et vibrant de la campagne. De très loin m'arriva l'aboiement d'un chien. Je gagnai vivement la maison en suivant ce que je pensai être une grange, puis une écurie. Comme je le prévoyais, je trouvai porte close. Heureusement, une fenêtre mal jointe céda à ma première poussée. Ce coup-ci, je me rendais coupable d'effraction caractérisée. Ce n'était certes pas la première fois, mais jamais encore sous l'apparence d'un honnête fonctionnaire. Une dernière hésitation, et je me hissai à la force des poignets pour sauter dans la pièce qui me parut être une chambre. Un long moment, je me promenai (en évitant le moindre bruit et en prenant garde de ne rien déranger) à travers le décor d'un drame déjà ancien. Un chromo, accroché au-dessus du bureau, représentait *La Lettre* de Fragonard, et je pensai que le regard rêveur de la jeune femme peinte avec tant de subtile tendresse avait vu ce qui s'était passé ici deux années plus tôt. En visitant la maison, je n'espérais naturellement pas trouver des indices, mais plus simplement me faire une idée du lieu où était mort Lessoire qu'il m'incombait de venger. Juste comme j'enjambais la fenêtre et que je me tenais à cheval, une jambe à l'intérieur, une jambe à l'extérieur, dans la position la plus incommode qui soit, un coup de feu claqua et la vitre au-dessus de ma tête vola en éclats. Mon assassin remettait ça ! Vivement, je me laissai choir dans la chambre que je m'apprêtai à quitter pour obéir au conseil de Catherin Bugnard : « Soigne ta peau, tu la porteras longtemps. » Je commençai à en avoir assez de jouer au gibier qu'on traque ! Et cette fois encore, je n'avais pas emporté mon revolver ! Je me jurai de ne plus risquer un pas de chez moi sans mon Smith & Wesson. A nouveau, on me manquait de peu. Il était possible, pour respecter les lois statistiques, que le troisième assaut fût le bon. M'étant éloigné le plus possible de la fenêtre, je repassai dans le bureau, gagnai le grenier par une échelle et, à travers une lucarne, je pus inspecter les alentours. Pas trace de présence humaine. Comme lors de sa première tentative, le tireur s'était évanoui dans la nature sitôt sa balle tirée, sans davantage se soucier de savoir s'il m'avait touché ou non.

Je suis d'un tempérament plutôt calme et il est bien rare que je me mette en colère ; seulement, quand je m'y mets, il vaut mieux s'écarter. A ce moment-là, je ne crains rien ni personne, je fonce. Je sentais, depuis un moment, cette colère monter en moi. J'avais beau essayer de me raisonner, rien à faire. Il fallait que je m'empoigne avec quelqu'un et que je me batte ! On ne me tirerait pas comme un lapin tant que j'aurais la possibilité d'en découdre ! Tant pis pour mon estomac à peine raccommodé... Je sautai par la fenêtre, ne cherchant même plus à deviner si on essaierait à nouveau de me démolir. Cela m'était égal ; tout m'était égal. Le voile rouge dansant devant mes yeux me masquait le danger et les obstacles. Je repassai par la haie et me hâtai vers le village. Chose curieuse, je ne m'étais pas encore fixé de but. Je me contentais d'aller de l'avant, m'en remettant à mon instinct qui me conduisit directement au *Cheval Blanc*. Au moment où j'y arrivai, je surpris Elise qui y entrait à son tour, mais par-derrière, par le jardin. Je criai :

— Elise !

Elle s'arrêta, tourna la tête dans ma direction, visiblement interloquée par mon appel. Je traversai le café et gagnai le jardin où je rejoignis la servante que j'attrapai par le bras.

— D'où venez-vous ?

Elle ne comprenait rien à mon attitude. Stupidement, elle répéta :

— D'où je viens ?

— Ça ne serait pas de la maison du crime, par hasard ?

Elle ne songea pas à nier. A peine parut-elle gênée :

— Vous m'y avez vue ?

— Vous avez un sacré culot !

La fille se rebiffa et me repoussant :

— Et en quoi ça vous regarde, dites donc ?

— Vous osez me le demander ?

— Dame ! C'est pas possible que vous soyez jaloux déjà ?

Ce fut à mon tour de perdre les pédales.

— Jaloux ?

Elise souriait maintenant et son sourire la rendait presque jolie.

— C'est pas que vous me déplaisiez, vous savez... et puis, l'instituteur, c'est plutôt flatteur dans un sens... mais il faut comprendre... le Marius Borier, il a des droits... Voilà plus de six mois que ça dure nous deux...

— Et c'est lui que vous rejoignez là-bas ?

— Pourquoi le demander puisque vous le savez ?

— Et pour quelles raisons prend-il un fusil pour aller à vos rendez-vous, ce Borier ?

Elle me contempla, les yeux ronds :

— Un fusil ? Jamais Marius n'a eu de fusil !

— Mais alors, Bon Dieu de bois, qui m'a tiré dessus ?

Elise ouvrit une bouche comme une porte cochère tandis que, derrière moi, on demandait :

— On vous a tiré dessus ?

Je me retournai pour faire face à Mirabeau.

— Parfaitement !

Je faillis ajouter que c'était la seconde fois depuis mon arrivée à Vanargues.

— Où étiez-vous donc ?

Malin, ce Mirabeau !... Si je reconnaissais avoir été dans une maison où j'étais entré par effraction, je perdais l'avantage de la situation. Je mentis.

— Je me promenais près de la maison du crime.

— Ah ?... Vous êtes au courant ?

— Pourquoi ? Je ne devrais pas ?

— Oh ! si... mais je trouve que c'est pas des histoires à raconter à des étrangers... du moins, tant qu'ils sont des étrangers... Ça donne mauvaise réputation au pays... Enfin, c'est mon idée.

Il se fichait de moi, le Mirabeau ! Je lui aurais flanqué mon poing dans la figure avec un réel plaisir.

— Mon idée à moi, ce serait de voir votre fusil ?

— Mon fusil ?

— Vous en avez bien un ?

— Oui...

— Ça vous gênerait de me le montrer ?

— Pourquoi ça me gênerait ?

— C'est ce que je me demande ?

— Vous vous figuriez pas des fois que c'est moi qui vous ai tiré dessus ?

— Qui sait ?

— Ça va pas, non ? Pour quelles raisons, je vous tirerais dessus ?

De nouveau, le piège...

— Montrez-moi donc votre fusil au lieu de discuter !

— Vous êtes un drôle de bonhomme et je pense pas que nous serons copains...

Il sortit pour revenir immédiatement avec son arme que je lui pris des mains pour en renifler le canon. Il me regardait en souriant.

— Vous n'avez pas d'autre fusil ?

— Non. Il faut vous faire une raison : ce n'est pas moi qui vous ai tiré dessus. D'ailleurs, si je l'avais fait, vous seriez mort. Je vise bien.

— Que vous dites !

— Il a raison monsieur.

Un homme d'une soixantaine d'années venait d'entrer et, vraisemblablement, avait entendu les dernières répliques de mon altercation avec Mirabeau. Cet inconnu, sympathique au demeurant, s'avança :

— Monsieur Mérot, j'imagine ?

Je confirmai d'une inclinaison de la tête.

— Je suis Félicien Casseigne, le receveur des postes... Je puis vous assurer, monsieur, que Mirabeau est, avec le maire, le meilleur fusil de la région.

Je commençais à admettre qu'en cédant à mon impulsion, j'avais commis une belle sottise dont il m'appartenait, maintenant, d'essayer de me tirer sans perdre la face et, surtout, sans être dans l'obligation de révéler ma véritable identité.

— Pourtant, on m'a tiré dessus !...

— C'est ce que j'ai cru comprendre, monsieur, et franchement, je n'imagine pas...

Pour l'obligeant fonctionnaire, je dus expliquer les instants difficiles que je venais de vivre. Je mentis légèrement en prétendant que l'on m'avait pris pour cible alors que je passais devant la maison du crime...

— Je vois, monsieur, qu'on vous a rapporté cette affreuse histoire qui, pour un temps, a doté Vanargues d'une notoriété dont il se serait bien passé. En effet, le criminel ne semble pas avoir été retrouvé, mais je dois confesser que ni les gendarmes, ni la police ne m'ont paru mettre beaucoup d'acharnement à chercher le meurtrier...

Je ne pouvais quand même pas lui donner les motifs réels de cette apparente nonchalance et préférais changer de conversation.

— Depuis que j'ai été blessé dans une embuscade en Algérie...

Tout de suite, je sentis que je les intéressais.

— Je suis resté deux mois à l'hôpital avec un estomac troué comme une passoire. J'ai gardé une espèce de phobie des surprises, des choses qui arrivent à l'improviste.

Casseigne me tapa amicalement sur l'épaule.

— Mon vieux... permettez-moi de vous parler aussi familièrement, car j'ai été au Maroc, moi, et les embuscades, l'état d'esprit qu'elles engendrent, je sais ce que c'est... Je suis sûr que Mirabeau comprendra...

Le cafetier grogna :

— D'accord, seulement je vois pas pourquoi M. Mérot s'est imaginé que c'était moi qui...

— On m'a dit que vous étiez un excellent fusil et comme depuis mon arrivée, je n'ai rencontré que vous...

— Que moi et peut-être bien ce malfaisant de Pesanzac ?

— Pesanzac ?

— Le Firmin dont la fille Louise travaillait chez votre prédécesseur ?

Je dus convenir qu'il en était effectivement ainsi. Mirabeau se mit à rire paisiblement.

— Ça m'étonne plus !... La Delphine, elle peut pas me sentir ! Dans le temps, on n'a pas été loin de se marier tous les deux et elle m'a jamais pardonné ce qu'elle appelle ma trahison ! Alors, tout le mal qu'elle peut me causer, elle s'en prive pas, la garce ! Mais, à part ça, vous êtes sûr qu'on vous a bien tiré dessus ?

Il m'était impossible de donner des preuves indiscutables en parlant du carreau éclaté au-dessus de ma tête.

— Enfin... j'en ai eu l'impression... mais peut-être mes nerfs ont-ils flanché ?

Mirabeau m'adressa un bon sourire :

— Ça doit être ça parce que, malgré cette vilaine histoire d'il y a deux ans, les assassins courent quand même pas le pays... Je crois moi, plutôt, que vous vous êtes trouvé dans la trajectoire du tir d'un braconnier maladroit et il aura eu tellement honte qu'il se sera sauvé au lieu de s'excuser ! En tout cas, monsieur Mérot, je vous en veux de penser que je puisse me distraire en prenant pour cible des promeneurs... Je suis quand même pas fou, vous savez !

Pour dissiper le malentendu, nous bûmes une bouteille de Monbazillac que le cafetier s'en fut chercher dans sa réserve personnelle.

Casseigne avait tenu à me raccompagner jusqu'à l'école. Midi avait sonné depuis longtemps (ce qui expliquait que le receveur des postes pût se promener au lieu de se tenir derrière son guichet) et tous les habitants de Vanargues étaient à table ; aussi ne rencontrâmesnous personne. Mon nouvel ami se disait navré d'un incident qui risquait de me faire prendre en grippe Vanargues et les Vanarguais. Je l'assurai qu'il n'en était rien, n'osant pas ajouter que si j'avais dû en vouloir aux ressortissants de tous les pays où, depuis six ans, j'avais eu des coups durs, il ne me resterait plus que le désert pour y vivre sans rancune envers mon prochain. Nous glissâmes assez vite aux confidences, fausses bien sûr en ce qui me concernait. Je lui contai mes campagnes imaginaires sur lesquelles je m'étais bien documenté et mon désir de retrouver le calme de l'existence de l'instituteur campagnard. De son côté, Casseigne me confia qu'il s'ennuyait mortellement à Vanargues, mais que la retraite n'était plus loin qui le verrait se retirer aux Eyzies de Tayac où il avait vu le jour... Célibataire, il prenait pension chez Mirabeau, le meilleur homme qui fût en dépit de ses allures de bandit calabrais. En guise de distractions, Vanargues n'en offrait guère et à part les parties de billard dominicales, il n'y avait pas grand-chose. Interrogé sur le fameux abbé Biscarnious, Casseigne convint qu'il ne le fréquentait pas afin de ne pas déplaire au maire dont il avait grand besoin. Il reconnut que le prêtre passait pour un homme avec qui il était préférable de ne point se quereller et qui se faisait rudement obéir de ses ouailles en donnant à tous l'impression — si fantaisie lui en prenait un jour — de pouvoir casser en deux et sans effort son ennemi acharné, Honoré Verduraz, maire de Vanargues.

En arrivant à l'école, Casseigne et moi avions déjà jeté les bases d'une sympathie solide. Louise guettait ma venue du seuil de la cuisine. A ma vue, elle lança :

— C'est pas malheureux !... Mais la cuisine dans ces conditions, c'est pas possible !

En apercevant la jeune fille, Casseigne s'était arrêté.

— C'est Louise qui tient votre ménage ?

— Oui... entrez donc un moment ?

— Non, merci. Cette jeune fille ne m'aime guère et savoir que vous me recevez risquerait de vous priver de ses services.

— Par exemple ! Et pour quelles raisons ? Ne suis-je pas libre d'accueillir chez moi qui me plaît ?

— Sans doute, mais, en revanche, chacun est libre de travailler chez qui lui convient... Pour Louise et les siens, j'appartiens à la bande du maire et je sens le fagot, une odeur qu'on ne prise guère dans l'entourage de l'abbé Biscarnious.

Lorsque j'eus pris congé de Casseigne en promettant de le recevoir un peu plus discrètement pour ménager les susceptibilités, j'entrai dans la cuisine, et, tout de suite, je me rendis compte que Louise — celle que dans mon cœur j'appelai déjà ma Louise — boudait.

— Quelque chose qui ne va pas, Louise ?

— Non.

Son ton signifiait exactement le contraire.

— Voyons, Louise... Je croyais que vous aviez de l'amitié pour moi ?

— J'ai pas à avoir de l'amitié pour vous. Je fais mon travail et vous me payez. Sorti de ça, y a rien ! Et vous pouvez fréquenter qui vous voulez !

— Vous n'aimez pas M. Casseigne ? Il m'a paru fort obligeant, pourtant ?

— Comme tous les fouineurs ! Vous comprenez pas que c'est le maire qui l'envoie ?

— Le maire ? Et pourquoi ?

— Pour vous attirer dans sa bande, pardi ! Mais je

vous préviens : si vous vous acoquinez avec M. le maire, moi je viens plus ici !

J'essayai d'expliquer à mon irascible servante que, fonctionnaire, je me devais de garder des rapports corrects avec le maire et que j'étais déjà en faute à son égard puisque j'avais omis d'aller le saluer dès mon arrivée. Ce manquement aux égards de la bienvenue sembla rasséréner quelque peu Louise. Sans doute y discernait-elle la preuve d'une indépendance qui l'enchantait. J'en profitai pour pousser mon avantage :

— Je suis prêt à tout pour vous plaire... Louise, si vous me quittiez, qu'est-ce que je deviendrais ?

— Vous prendriez quelqu'un d'autre, pardi !

— Ça ne serait pas la même chose...

J'hésitais au bord de l'aveu, tout en m'étonnant de l'effet produit sur ma libido par l'air de la campagne périgourdine, quand Louise remarqua :

— Vous avez une drôle de figure... Ça serait pas le pâté d'hier soir ?

Allez donc jouer les Roméo après ça ?...

Tout en mangeant, je me demandais comment attaquer cette Louise dont la simplicité me désarmait. Me découvrant absolument incapable de l'émouvoir par les voies ordinaires qu'empruntent tous les amoureux du monde, je résolus de l'intéresser et, sans plus hésiter, je lui contai mon aventure à la maison du crime et la façon dont je m'étais sottement conduit en accusant ce malheureux Mirabeau. Louise ne parut pas autrement passionnée par le récit et j'en fus vexé. Mais je me trompais. En vérité, elle réfléchissait tout en récurant ses casseroles. Soudain, elle suspendit son geste et dit :

— C'est drôle...

Je regimbai :

— Drôle ? Je ne vois vraiment pas ce qu'il y a de drôle à manquer recevoir une charge de chevrotines dans le corps ?

— Non, c'est pas ça... Ce qui est drôle, c'est que j'ai vu ce matin Mirabeau partir avec son fusil sous le bras dans la direction où vous étiez...

— Je suis sûr que son fusil n'avait pas servi !

— Je pense que s'il avait décidé de vous tirer dessus, il aurait pas pris son propre fusil... C'est pas un imbécile, Mirabeau...

— Casseigne m'a assuré que Mirabeau était, avec le maire, un des meilleurs fusils du canton et que s'il m'avait réellement visé, il ne m'aurait pas manqué ?

— D'abord et d'une, ce Casseigne, il vaut pas mieux que Mirabeau, c'est de la même graine, et vous pensez bien qu'ils se soutiennent entre eux ; ensuite, de deux, Mirabeau, il a peut-être fait exprès de vous manquer ?

Samedi, 23 avril.

Pour essayer de me changer les idées, pendant deux jours j'ai bêché mon jardin. J'espérais ainsi retrouver la sagesse de Candide, mais comment oublier que je n'étais venu dans ce pays paisible que pour découvrir un homme que je condamnerai à mort sans rémission, un homme connaissant le but que je poursuivais et qui, par deux fois, avait tenté de m'en détourner en m'adressant deux coups de fusil volontairement maladroits. Car maintenant, je ne doutais plus que Louise n'ait eu raison de me prouver que si l'on avait vraiment voulu m'abattre lors des occasions offertes, la chose eût été facile pour un tireur même moyen. Je m'en voulais de n'y avoir pas pensé plus tôt. En somme, on ne cherchait pas à m'éliminer mais bien à me dissuader de poursuivre mon enquête. Il n'en demeurait pas moins que ces raisonnements ne m'expliquaient pas comment et par qui mon identité véritable avait été découverte.

Les problèmes qui apparaissent les plus difficiles ont presque toujours des solutions très simples et le facteur,

Joseph Bornot, m'en administra la preuve ce matin-là. Bornot, c'est un vieux qui connaît Vanargues sur le bout des doigts et cela depuis trois générations. Il sait tout de chacun et si le cœur lui en dit, il peut vous démontrer que la fille du charron a hérité sa coquetterie de sa grand-mère — qui venait du côté de Souillac — et qui s'était conduite d'une drôle de façon ! Il n'y avait pas de maladie grave dont il ne pût retrouver les origines au sein d'une famille, et quand un mariage se célébrait, s'appuyant sur le passé, il prophétisait l'avenir réservé aux enfants à naître. Un bien brave homme, ce Joseph, en compagnie duquel on était certain de ne jamais s'ennuyer. J'aimais causer avec lui, car il m'apprenait Vanargues comme si j'y avais vu le jour. Ce matin-là, il me héla à travers la grille de l'école pour me remettre des prospectus concernant je ne sais plus quelle publication propre à me faciliter l'exercice de mon métier. Tout de suite, je devinai que mon Bornot avait envie de bavarder. Je l'invitai à entrer. Il protesta pour la forme mais l'offre d'un verre de vin blanc le décida.

Installé dans la cuisine, il attaqua en remarquant que tout lui semblait bien tenu et que la Louise s'affirmait vraiment une bonne ménagère, qualité qu'elle tenait de sa mère, la Delphine, et que cette dernière avait reçue de sa propre mère, Agathe, lauréate en 1912 d'un concours de cuisine à Montignac pour la préparation d'un foie gras à la quercynoise, que les plus vieux commentent encore avec attendrissement, soit qu'ils aient eu la chance d'y goûter, soit qu'ils aient entendu les privilégiés faisant partie du jury en discuter. Le facteur me confirma que Firmin ne portait pas la culotte chez lui mais que c'était un taciturne vivant très en dehors de tout le monde et que ça lui convenait parfaitement de ne jamais prendre de décision. Il n'avait pas toujours été comme ça. Il avait changé depuis le jour où son fils, une tête brûlée, avait filé sans dire au revoir à personne pour s'engager dans la Légion. On n'en parlait jamais dans la famille. Une sorte de honte.

Profitant des bonnes dispositions du facteur, je le mis sur l'histoire du crime.

— Penser que dans un coin aussi tranquille, on ait pu assassiner deux hommes... Quand on me l'a dit, la première fois, je n'ai pas voulu le croire !

— C'est malheureusement vrai, monsieur Mérot... Deux personnes tout ce qu'il y a de bien. Un écrivain et son secrétaire... il avait pas loin de la soixantaine... Des gens aimables venus chez nous pour trouver le calme... Les pauvres diables, c'est le repos définitif qu'ils ont trouvé, oui ! La Delphine qui les a vus la première fois en a eu les sangs tellement retournés, la malheureuse, qu'il a fallu qu'elle se couche. Elle est restée trois jours au lit et c'est là que les gendarmes l'ont interrogée ? A mon idée, monsieur Mérot, on aurait été mieux inspiré de s'occuper d'un drôle d'individu qui prenait pension chez Mirabeau, un certain Hamelin. Moi, il me plaisait pas du tout et vous savez, monsieur l'instituteur, j'ai le flair ! Bref, cet Hamelin, il s'engueulait assez souvent avec Mirabeau... Pourquoi ? Parce qu'il était du dernier bien avec Elise, la servante. Vous la connaissez, hein ? Et Mirabeau, depuis trois ans qu'il est veuf, Elise et lui, enfin vous me comprenez, pas vrai ? Notez que c'est pas que je veuille me mêler de ce qui ne me regarde pas, mais c'est pour la compréhension de la chose... Enfin, cet Hamelin — un pas tellement jeune non plus — il a disparu moins de quarante-huit heures après la mort de ces pauvres messieurs... On m'ôtera pas de l'idée qu'il était mêlé à cette affaire... Bien sûr, j'en jurerais pas car j'ai pas de preuve, mais mon intuition, mon flair, vous voyez ce que je veux dire ?

Je voyais d'autant mieux que je savais qu'Hamelin, en effet, avait été sans aucun doute la cheville ouvrière de ce double crime. Le flair du père Bornot n'était pas une blague. Malheureusement, il ne poussait pas sa réflexion bien loin et lorsque j'insinuai que le meurtrier habitait peut-être Vanargues, il se récria avec indignation. Personne à sa connaissance, tant par son attitude actuelle que par son pedigree ne se révélait capable de tuer son prochain. Je préférai lui laisser ses illusions. Par contre, lui, il tenta de me tirer les vers du nez et, comptant que ce serait répété dans la plupart des foyers du pays, je lui contai ma vie inventée par les soins de M. Durand. Il s'en régala et déjà l'impatience d'aller porter ces nouvelles ailleurs, où on lui paierait encore à boire en remerciement, le faisait trembler. Il se leva, arguant de la nécessité impérieuse de continuer sa tournée. Je le raccompagnai jusqu'à la grille et m'enquis poliment du nombre de lettres qu'il distribuait chaque jour.

— Oh ! ce n'est pas qu'il y en a tellement, mais les erreurs et les entêtés à qui il faut retourner leurs envois ! Tenez, en trois jours, voilà deux lettres que je reçois au nom de M. Timbal, instituteur à Vanargues ! Timbal ! Je vous demande un peu ? Qui c'est qu'aurait l'idée de s'appeler comme ça ? On en a bien ri avec le maire quand je lui ai raconté... Vous connaissez Verduraz ?

— Pas encore.

— Un homme comme il faut, énergique et tout... Lui, il la défend, sa commune !

Je retins sa main dans la mienne.

— J'y pense... ces lettres avec de fausses adresses, ce ne serait pas quelqu'un du pays qui les enverrait, histoire de vous jouer un tour ?

Il me contempla d'un air quelque peu apitoyé :

— Voyons, monsieur l'instituteur... Je suis pas un débutant ! La première chose que je fais, c'est de regarder le timbre de départ... Les deux lettres venaient de Lyon et si vous voulez mon idée, y a que des Lyonnais pour avoir des idées pareilles !

Comment n'y avais-je pas songé plus tôt !... Leroumille !... Leroumille à qui j'avais donné mon adresse en omettant de lui signaler que je changeais de nom ! Une faute de débutant !... De plus, comment aurais-je pu expliquer à mon ami que j'avais besoin de modifier mon état-civil pour reprendre le métier d'instituteur ? Pourtant, il me fallait, et de toute urgence, trouver une raison, sans cela ce bon Laroumille était capable de remuer ciel et terre pour m'atteindre ! En tout cas, je n'avais plus de question à me poser quant à la manière dont le ou les meurtriers de Barconitch et de Lessoire connaissaient ma véritable identité dont ils avaient déduit la mission qui m'amenait à Vanargues. Le facteur ayant dû raconter l'histoire dans tout le pays, chacun mis au courant avait ri de ce nom ridicule de Claudius Timbal, tous, sauf un... celui qu'il m'incombait de découvrir.

J'écrivis longuement à Leroumille, me perdant dans des explications sans fin que leur enchevêtrement ne rendait pas plus claires, à seule fin de justifier mon changement de nom. Je lui affirmai que mon ancien métier m'avait donné des ennemis assez solides pour estimer que l'existence ne valait pas la peine d'être vécue tant qu'ils ne m'auraient pas étripé et que c'était — avec la permission de mes supérieurs de l'université — la raison pour laquelle je m'appelais désormais Claudius Timbal, dit Claudius Mérot. Je le priai de m'écrire sous ce dernier nom. Il me semblait voir mon copain, lecture faite de mon épître, se gratter longuement le crâne pour essayer de comprendre les mœurs nouvelles régnant dans la représentation commerciale ou, plus simplement, les raisons me faisant m'obstiner à le prendre pour un sot. J'en éprouvai du remords.

Ne tenant pas à attirer l'attention de Casseigne ou de Bornot, je décidai de porter ma lettre à la gare de Lachaux où le courrier était relevé directement par le chef de la station. Evidemment, je commençais mal une mission qui pouvait être la dernière, qu'on l'entende comme on voudra. Je ne pus m'empêcher de m'apitoyer sur mon avenir immédiat et de m'interroger sur les chances qui me restaient d'arriver intact aux grandes vacances scolaires afin de décider si je réintégrais ou non l'enseignement. Mais à quoi bon me mettre martel en tête ? Il était plus sage de suivre le conseil de Catherin Bugnard : « Te mets pas ton manteau à la saint Jean parce qu'il gèlera peut-être à la Noël. Adonc te mange pas les sangs aujourd'hui pour ce qui pourra arriver demain et qui n'arrivera pas. »

Pour revenir de la gare à Vanargues, je pris un raccourci indiqué par le préposé de la station et qui me permettait — paraît-il — de gagner un bon kilomètre. Il s'agissait d'un chemin de terre serpentant entre champs et bosquets et qui, bientôt, devenant sentier, ne tardait pas à s'enfoncer dans une sorte de gorge miniature. J'avançais depuis un moment dans ce paysage pittoresque lorsque je réalisai que c'était l'endroit rêvé pour un guet-apens. On pouvait me canarder du haut des deux falaises en réduction entre lesquelles je cheminais sans que l'épaisseur de la végétation me permît, le cas échéant, d'apercevoir mon agresseur. Je hâtai le pas. Malgré moi, j'évoquais l'angoisse qui devait être celle des Bleus sur les chemins de Vendée. A plus d'un siècle et demi de distance, comprenant leurs inquiétudes, je leur redonnais une existence actuelle. C'est peut-être à cette compréhension physique des événements passés qu'on reconnaît le bon historien ? En ce cas, je me serais trompé encore sur ma vocation...

— Tu t'arrêtes, hé, c... ?

Je restai le pied en l'air, m'attendant à tout sauf à cette injonction dont la familiarité me surprenait tout autant qu'elle me rassurait. On ne s'adresse pas ainsi à quelqu'un qu'on se propose de trucider ! Il me parut aussi que cette sommation avait des éclats enfantins et plutôt qu'à un assassin en puissance, il était fort possible que j'eusse affaire à un de mes futurs élèves, auquel cas, il s'affirmerait que mon prédécesseur Mangette avait, dans l'instruction de nos communes ouailles, négligé le côté purement éducatif. Pour en avoir le cœur net, je m'agrippai aux arbustes poisseux, me déchirai la peau aux ronces mais réussis en me faufilant à travers les buissons à gagner le sommet de la pente de droite où je tombai nez à nez avec un luron de huit à neuf ans, gravement occupé à cracher sur une limace dont la hâtive lenteur l'empêchait de fuir cet arrosage imprévu. Des deux (je veux dire le gamin et moi), ce fut assurément moi le plus gêné. Pour lui, il ne se dérangea même pas et continua ses efforts sportifs. Enfin, faute de munitions sans doute, le tortionnaire s'arrêta en s'essuyant les lèvres du dos de la main. Je m'efforçai de prendre la voix la plus engageante :

— Ça t'amuse, ce petit jeu-là ?

Il me regarda avec un air de défi et me jeta négligemment :

— Essayez donc un peu pour voir, vous ?

Je tenais à me faire un ami. J'essayai. Devant mon échec qui enchanta mon compagnon et le fit rire aux éclats, je m'acharnai sans plus de succès. Le petit, alors, m'écarta et plaqua un jet de salive sur la tête du malheureux gastéropode qui s'arrêta pile, vraisemblablement suffoqué. Jamais je ne vis pareil triomphe luire dans un regard. Nous étions copains puisqu'il se révélait plus fort que moi. Il me déclara se nommer Titin Lanouègue. Nous nous assîmes au pied d'un sorbier. Je lui offris un grain de cachou que je laissai tomber dans sa menotte. Pour ne pas demeurer en reste, il extirpa de sa poche un morceau de sucre dont la blancheur primitive n'apparaissait plus que par endroits. Je dus, pour ne pas léser cette amitié toute neuve, avaler le présent. Ce ne fut pas sans hésitation.

— Où habitent tes parents ?

— Derrière l'église, au bout de la petite rue...

— Qu'est-ce qu'il fait, ton papa ?

— Il tient une ferme.

— Il a beaucoup de vaches ?

— Sept et une prête au veau.

Déjà, notre entretien le lassait. Il se leva, tirant sur sa culotte. Je ne voulus pas le laisser partir sans savoir s'il était ou non de mes élèves :

— Tu vas à l'école ?

— Oui.

J'en fus heureux, car avec l'intelligence éveillée qu'il semblait posséder, il devait être un de ces bons élèves pour lesquels on se donne volontiers du mal.

— Tu aimes l'école ?

— Non.

Mon enthousiasme brutalement refroidi, je le regardai s'éloigner sans oser tenter un effort pour le retenir. Brusquement, espérant contre toute espérance, je criai :

— Et pourquoi n'aimes-tu pas l'école ?

Il se retourna et, de loin, les mains en porte-voix, me lança :

— Parce qu'on s'y em... !

Dimanche, 24 avril.

Dimanche de Quasimodo. Demain, la rentrée, et alors commenceraient les dix semaines que le hasard — et M. Durand — m'accordaient pour prendre ou non un nouveau départ dans la vie. Ce que je regrettais par-dessus tout, c'était de n'être pas seulement un simple instituteur pour affronter cette épreuve. J'avais beau me raconter des histoires, il ne faisait pas de doute que tant que je n'aurais pas désigné à mon chef le meurtrier de Lessoire, je resterais beaucoup plus agent des Services Spéciaux que maître d'école. S'il n'avait tenu qu'à moi, je l'aurais démasqué tout de suite l'assassin, mais où le prendre ? Etait-il un isolé ? Jouissait-il de complicités le dérobant à ma vue chaque fois que j'approchais de lui ? J'avais le sentiment que Mirabeau et Casseigne en savaient beaucoup plus sur la question qu'ils n'en convenaient. J'en voulais à tout le monde et d'abord à mon patron qui m'avait arraché à mon farniente lyonnais pour me jeter dans une aventure qui, de quelque côté que je me tourne, ne pouvait me laisser que des regrets. Pas d'illusion à me faire : pour atteindre mon but, il faudrait que je ruse, que je mente et peut-être que je serre la main de celui que j'enverrai à la mort... Pas beau tout ça, hein, Claudius ? Mais personne ne t'a obligé à prendre ce métier ? Alors, à quoi bon gémir ? Ce qu'il fallait, c'était en finir au plus vite et, le meurtrier châtié, me livrer tout entier aux joies retrouvées de l'enseignement quand arrive le dernier trimestre de l'année scolaire s'ouvrant sur les grandes vacances.

Il n'y avait pas à me le dissimuler, mes inclinations personnelles me portaient bien plus du côté de la religion que de la laïcité ce qui, on l'avouera, pour un instituteur compliquait singulièrement la question. Non pas que tel saint Paul en Syrie, j'eusse trouvé en Dordogne le chemin d'un brusque repentir ou bien encore que j'aie été l'heureux bénéficiaire d'une soudaine illumination. Non, plus franchement, ce qui me poussait à épouser le parti de l'abbé Biscarnious dans cette querelle séculaire, c'était que la Louise en tenait pour le curé. Je reconnais que si ma bien-aimée avait chanté le laus de M. Verduraz, je me serais voulu le champion indéfectible de l'anticléricalisme conscient et organisé. Nos opinions suivent souvent nos humeurs et, dans ces graves débats, le cœur l'emporte presque toujours sur la raison.

Jusqu'ici, sur quoi étayer mes soupçons ? D'abord sur le fait — que j'avais la faiblesse de trouver important — que, par deux fois, on m'avait tiré dessus et que Mirabeau, tout comme son ami Verduraz, s'affirmaient les deux meilleurs fusils de la région. Ensuite que Louise avait vu Mirabeau près de l'endroit où l'on m'avait pris pour cible. Enfin que le maire et même Casseigne étaient les mieux placés pour se renseigner sur mon identité et profiter de l'erreur commise involontairement par Leroumille. Bien sûr, Casseigne apparaissait beaucoup plus sympathique que Mirabeau, mais depuis longtemps je savais qu'il est vain de se fier à la mine des gens.

Pour l'heure, il n'était pas douteux que d'autres menaient le jeu et ne m'être pas encore rendu auprès du maire me plaçait en état d'infériorité, car si Verduraz avait quelque chose à voir dans le crime, il devait penser que je le craignais. S'il était étranger à l'affaire, il devait alors s'étonner de mon manque de courtoisie. Il importait d'en finir et après m'être rasé, avoir revêtu le meilleur de mes costumes, je me dirigeai vers le café de Mirabeau où ces messieurs jouaient vraisemblablement au billard pendant que leurs adversaires, rassemblés à l'église, écoutaient le sermon de l'abbé Biscarnious.

Mon entrée dans le café bourré de consommateurs n'arrêta pas d'un coup les rires et les conversations. Sur mon passage, il se creusait des trous dans le tissu serré des propos qui reprenaient dans mon dos et dont jes fournissais vraisemblablement la pâture. A part cette impression désagréable de marcher dans le silence, au milieu d'un vacarme général, il ne m'arriva rien et je pus m'installer sur le coin d'une table où des très vieux jouaient à la manille. A peine étais-je assis qu'Elise — mais une Elise bien frottée, l'œil brillant, le sourire aguichant — vint prendre ma commande et s'en retourna dans un remous d'odeurs variées où, cependant, l'eau de Cologne dominait.

Les quatre vieux, mes voisins, avaient de grosses

mains calleuses où de la terre semblait s'être incrustée dans les mille plis de la peau. Leurs visages aigus ressemblaient à des socs de charrue. Leurs yeux se cachaient au fond des orbites profondément creusés et se protégeaient encore par une broussaille de sourcils blancs. Ils jouaient sans mot dire. Tout au plus, sur une levée les contrariant se permettaient-ils un juron à peine formulé et immédiatement écrasé entre leurs gencives édentées.

Aux autres tables, des jeunes jouaient à la belote en se querellant à chaque coup et, toutes les cinq minutes, posaient leurs cartes pour boire une gorgée de leur apéritif ou passer les doigts sur leurs cheveux luisants de brillantine. De plus âgés aussi fumant des pipes courtes où ils calaient le tabac d'un pouce épais. Ceux-là ne jouaient pas, parlaient peu et il n'était pas besoin d'être grand clerc pour deviner le sujet de leur entretien : la maladie de la femme, le prix des porcs, le travail de la semaine écoulée, celui de la semaine à venir. Je retrouvais dans ce café l'atmosphère de ma jeunesse, lorsque le dimanche matin, sortant de la messe, j'allais chercher mon père adoptif au café. Ces jeunes, ces plus vieux, ces ancêtres m'entourant, tous de braves gens au milieu desquels se dissimulait peut-être un assassin...

Mirabeau jouait au billard avec des effets de torse qui mettaient en valeur une surprenante chemise vieux rose. Son partenaire tranchait par sa raideur avec la bonhomie du cafetier. Un individu d'une cinquantaine d'années, chauve et sec. Il jouait aussi en bras de chemise mais il avait gardé son gilet. Sa correction appliquée, le respect dont on semblait l'entourer me donnèrent à penser que je me trouvais en présence de

M. Honoré Verduraz, maire de Vanargues... et fameux fusil ! D'un air détaché, je me dirigeai vers le billard et me plaçai de façon à ne pas gêner les joueurs tout en ne perdant rien de leurs évolutions. Mirabeau jouait fort bien. Très vite, il m'apparut que le maire n'était pas de sa classe, d'autant qu'énervé de perdre devant un public intéressé il risquait — sans la moindre réussite — les coups les plus osés. Autour du billard, on entendait des réflexions du genre : « Ce Mirabeau, tout de même !... Il peut en rendre des points, va !... Même à Périgueux, il aurait sa chance !... » Chaque remarque laudative à l'égard de son rival faisait se contracter les mâchoires de Verduraz. A trois points de la fin, le cafetier manqua son coup et laissa au maire les boules dans une position impossible. Exaspéré, M. Verduraz, cédant à son irritation, donna un tel effet à sa bille qu'à la stupéfaction générale, celle-ci décrivit un véritable gymkhana sur le tapis et s'en alla marquer le point. Avant même que quiconque eût pu manifester le moindre sentiment, je m'écriai :

— Ça, c'est du billard !

Honoré Verduraz m'adressa un regard de sympathie et murmura : « Peuh !... Peuh !... » Comme quelqu'un habitué à d'autres réussites. Mirabeau mâchonna un juron et, fronçant les sourcils, termina brillamment la partie. Mais, de l'avis unanime, la victoire du cafetier pâlissait devant le coup réussi par le maire qui s'avança vers moi et me tendant la main :

— Monsieur Mérot, je crois ?

Je m'inclinai. Il ajouta :

— Je suis Verduraz... Honoré Verduraz, le maire.

Le premier magistrat de la commune me convia à sa table où il me présenta à un géant apoplectique nommé

Valoriaux, son premier adjoint. Un autre — Charles Salomon — me dit être pharmacien et m'assura qu'il était très heureux de faire ma connaissance. Enfin, un troisième individu, répondant au nom de Bouclard, me révéla qu'il exerçait le métier de charron et qu'il appartenait, comme Valoriaux et Salomon, au conseil municipal où ils aidaient leur ami Verduraz à résister aux forces des ténèbres.

Ayant sacrifié à la politesse en offrant une tournée, en buvant quatre autres (chacun la sienne), je pris congé de mes hôtes. En me serrant la main, Verduraz me déclara :

— Nous nous reverrons bientôt, n'est-ce pas, monsieur Mérot ?

— Je l'espère, monsieur le maire...

Ma sortie ne souleva pas la même curiosité que mon entrée. Admis par Verduraz, j'étais reçu par tout le clan laïque de Vanargues.

Pour retourner vers mon école, où Louise ne m'attendait pas, car le dimanche elle refusait de se plier à des besognes serves pour d'autres que les siens, il me fallait passer devant le portail de l'Eglise. J'eus envie de connaître le visage de mon ennemi traditionnel, le curé Biscarnious, pour qui, à travers Louise, j'éprouvais de la sympathie. D'un coup d'œil circulaire, je m'assurai que nul ne me surveillait pour aller rapporter au maire ma trahison, avant de pousser la petite porte matelassée dont le crin jaillissait par plus d'une blessure.

L'assemblée était mince. Je me dissimulai derrière un des piliers de l'entrée. L'abbé Biscarnious, dans la chaire, achevait sa péroraison. Au ton de cette dernière, je devinai ce qu'avait pu être le prêche lui-même.

Sodome et Gomorrhe mis en parallèle avec Vanargues y gagnaient une teinte de vertu. La malédiction de l'Eternel était appelée sur la majorité de la population qui, à en croire l'orateur, raillait sa Loi. Les fidèles paraissaient prendre un intérêt des plus vifs à ces invocations où ils assouvissaient sans doute des rancunes particulières. Après avoir maudit, stigmatisé les adversaires héréditaires de l'Eglise et de ses troupeaux, le prédicateur s'en prit à ses ouailles. Il les fustigea de belle manière, leur reprochant leur manque de zèle, leur petitesse d'esprit, leur absence de charité et supplia Dieu de ne pas l'envoyer tout droit en enfer, lorsque son heure serait venue, pour n'avoir pas su guider les chrétiens de Vanargues sur les chemins rocailleux de la sainteté.

Le prêtre était un colosse. Il devait mesurer dans les un mètre quatre-vingt-cinq et peser cent à cent vingt kilos. Sa figure, que l'ombre bleutée de la barbe amincissait quelque peu, rappelait les vieux comédiens d'autrefois. La voix de bronze résonnait sous la voûte romaine et le geste vengeur faisait songer à des envols de grands oiseaux. Mais bientôt, je cessai de m'intéresser à l'abbé Biscarnious, car je venais de découvrir Louise. Loin d'être ridicule comme la plupart des campagnardes lorsqu'elles abandonnent leurs vêtements de tous les jours pour s'habiller « en dimanche », ma jolie gouvernante y gagnait une sorte de noblesse paisible proche de la distinction. Elle se tenait très droite entre une masse pareille à un tour et qui, sans aucun doute, s'affirmait être la Delphine, et une silhouette mince, tordue comme un cep, le Firmin. Je faillis monter jusque vers Louise à seule fin de me montrer à la jeune fille et d'avancer ainsi mes affaires. Sans doute prêterait-elle plus d'attention à quelqu'un partageant ses idées ou feignant de les partager... Je me dégoûtais un peu, mais on ne peut demander à un agent des services secrets d'abandonner d'un coup la duplicité et le mensonge. Or, agent des services secrets, je l'étais encore et le demeurerais tant que je n'aurais pas rempli ma mission. Ne tenant pas à provoquer un éclat de la part des laïques dont, officiellement, je faisais partie, je sortis aussi discrètement que j'étais entré, mais ce fut pour tomber sur le maire Verduraz, le cafetier Mirabeau et le receveur des postes Casseigne, qui attendaient la fin de l'office, entourés de leurs amis, à seule fin de bien montrer aux « obscurantistes » qu'on ne les craignait pas.

Mon apparition suscita une certaine impression et moi-même, pris au dépourvu, j'hésitai sur la conduite à tenir. Mais l'audace payant toujours, je me dirigeai vers Honoré Verduraz qui me regardait, le visage sévère. Avant que je n'aie ouvert la bouche, il me lança :

— Alors, monsieur l'instituteur, on vient de faire ses dévotions ?

Il y eut des ricanements qui me nouèrent quelque peu les muscles.

— J'ai voulu voir à qui ressemblait ce terrible abbé Biscarnious...

— Eh bien ?

— Assez effrayant...

— Pour les pusillanimes, peut-être !

Me tirant d'embarras la grand-porte de l'église s'ouvrit et les fidèles quittèrent le temple. D'un commun accord, ils marchèrent droit à l'ennemi et, un moment, je pus craindre un heurt ; mais, parvenus à quelques pas du maire et de ses troupes, ils s'arrêtèrent pour échanger avec ces dernières des regards chargés de mépris. Au premier rang, la Delphine faisait songer aux éléphants dont Annibal se servait pour disloquer les bataillons ennemis. Pour moi, ne tenant nullement à me faire remarquer, je m'étais écarté subrepticement de manière à ressembler au paisible promeneur surpris par un événement inattendu et qui, le plus innocemment du monde, se transforme en badaud. A ce moment, l'abbé Biscarnious surgit devant le front de son troupeau et, d'une voix de stentor, annonça :

— Et maintenant, mes enfants, rentrez chez vous...

Il attendit que la dernière de ses ouailles eût quitté la place pour se tourner vers le maire et lui jeter :

— Honoré, tu seras toujours aussi bête !

— Et toi, Léon, toujours aussi feignant !

Le prêtre haussa ses énormes épaules :

— Si tu n'étais pas aussi mal fichu, Honoré, je te flanquerais une de ces raclées qui t'estropierait pour le reste de tes jours !

Verduraz se mit à rire :

— Il y a cinquante-quatre ans que tu parles de cette raclée, Léon...

— Tu as de la chance que je sois bon !

— Bon ? Toi ? Tu as la trouille, oui !

— La trouille ? Moi ? Oh ! Sainte Mère de Dieu, donnez-moi la force de résister, sinon je le presse comme un citron pour en faire sortir toute la méchanceté !

Pour échapper à la tentation, l'abbé Biscarnious pivota sur ses talons et réintégra son église.

J'abandonnais Vanargues pour regagner mon école désespérément vide lorsqu'on me héla :

— Monsieur Mérot ?

Je me retournai au moment où le maire — encore lui ! — me rejoignait.

— Je ne suis pas fâché, monsieur l'instituteur, que vous ayez assisté à la scène qui, une fois de plus, nous a mis aux prises, l'abbé et moi. Par-là, vous aurez pu juger combien votre attitude future pèsera lourd dans l'opinion... Nous serions navrés, ces messieurs du conseil municipal et moi-même, qu'un des nôtres fût enclin à trahir...

Il commençait à me taper sur les nerfs, ce Verduraz ! Je pris mon air le plus cafard pour le rassurer :

— Bien sûr, monsieur le maire, bien sûr...

Je ne tenais pas à me mettre tout le monde à dos du premier coup. Il me fallait des intelligences dans les deux camps.

— J'ai appris, avec regret, monsieur Mérot, que, comme votre prédécesseur, vous aviez fait appel à Louise pour tenir votre ménage ?

— Et alors ?

— Et alors, si chacun est libre d'employer qui lui plaît, il me semble peu indiqué pour un instituteur d'introduire l'ennemi dans sa demeure.

— L'ennemi ?

— Cette Louise est une protégée de l'abbé.

— J'apprécie beaucoup ses services.

Le maire eut un ricanement qui commença à me faire perdre mon sang-froid.

— Evidemment, elle sait s'y prendre ! Les conseils ne lui manquent pas. M. Mangette, votre collègue, n'avait pas voulu m'écouter non plus. Elle est dangereuse, décidément, cette fille, très dangereuse...

Je ne supportais pas qu'on touchât à ma Louise. Cela devait être entendu une fois pour toutes !

— Louise m'est très sympathique et...

— Déjà ? Vous êtes donc tous les mêmes ? On vous abattra donc toujours avec les mêmes armes ?...

Le bonhomme dépassait la mesure. Oubliant mon rôle d'instituteur, je l'empoignai par les revers de sa veste et le secouai comme un prunier en lui criant dans le nez :

— Un conseil : foutez-moi la paix ! Compris ? Je fréquenterai qui me plaira et vous n'aurez pas à y mettre le nez, monsieur le maire, sans ça...

A ma grande surprise, il ne parut pas avoir tellement peur. Au contraire, il me semblait que la scène l'amusait, à moins que ce ne fût un rictus qui lui tordît les lèvres... Il se dégagea, remit son vêtement en place :

— Sans ça, monsieur Mérot ?

— Sans ça, monsieur Verduraz, je vous tirerai les oreilles !

Cette fois, la réplique porta car il resta un instant la bouche entrouverte, ne trouvant rien à répondre. Puis il poussa un soupir et déclara :

— Vous y allez fort, non ? Je ne pense pas que vous ferez de vieux os à Vanargues, monsieur Mérot !

— Je ne le pense pas non plus, monsieur le maire !

— Vous me voyez enchanté de ce que nous ayons au moins une opinion commune !

Que j'eusse commis une sottise, ce n'était même pas la peine d'en discuter. Je ne me serais jamais cru capable de jouer les chevaliers servants, surtout pour une demoiselle qui se souciait de moi comme d'une guigne ! Mais qu'est-ce qui m'arrivait donc ? Ma situation d'instituteur m'interdisait de me réfugier auprès de l'abbé Biscarnious, et je venais de rompre avec l'autre clan. Pas très malin tout cela. Je balançai pour savoir si j'écrirais ou non au patron afin qu'il me relève de ma mission trop mal engagée. Je m'étais conduit comme un imbécile. Mais les autres se conduisaient comme des idiots avec leurs querelles poussiéreuses. Ce n'était pas là une consolation, mais simplement une occasion de donner une fois de plus raison à la sagesse de Catherin Bugnard disant : « Le bon sens a beau courir les rues, personne lui court après. »

Je ne fermais jamais la porte de la cuisine à clé. Pour entrer, il suffisait de tourner la poignée ; geste qu'on fait machinalement, mais en cette fin de matinée, je fus bien obligé d'y prêter attention car à peine avais-je tourné le pommeau dont le mouvement entraînait la gâche de la serrure qu'une petite explosion se produisit et dont le résultat fut, non seulement de faire voler en éclats la vitre de la porte, mais aussi de me donner l'occasion de réussir un magistral saut en arrière qui — si cette méthode était reconnue dans les disciplines athlétiques — m'eût valu au moins un record régional ! Ebahi, je contemplai les débris jonchant le sol et, incertain, je ne savais pas encore si j'avais échappé à un attentat ou si j'étais la victime d'une farce de mauvais goût. J'entrai prudemment dans la cuisine et, tout de suite, une enveloppe posée bien en évidence sur le réchaud à gaz attira mon attention. Je l'ouvris :

La prochaine fois, Timbal, l'explosion risque d'être beaucoup plus forte, alors retourne vite à Lyon pendant qu'il en est temps.

Je passe pour avoir un bon caractère mais il y a des limites, et le quidam qui s'amusait à me tirer dessus, à démolir ma cabane venait de les dépasser. Pas question que je m'en aille ! Dieu m'est témoin, que je n'étais pas tellement chaud pour rechercher l'assassin de Lessoire, mais cela devenait, à présent, une affaire personnelle, sans compter que si je laissais aller les choses de cette façon, ce meurtrier pouvait également devenir le mien ! Au lieu de se tenir bien tranquille, cet individu venait me railler, me menacer, me donner des ordres ! Par saint François Régis, qui était l'agent secret ? Lui ou moi ? Il est vrai que je ne méritais plus beaucoup cet épithète de secret ! Puisqu'il en était ainsi, il ne me restait plus qu'à prendre le taureau par les cornes ! On se figurait m'intimider ? On s'imaginait que parce qu'on avait découvert mon identité, je ficherais le camp sans demander mon reste ? Ils ne connaissaient pas le Claudius (prononcez Glaudius) Timbal, les petits gars de Vanargues et environs ! Ils allaient le connaître ! Et, pour commencer, je décidai de retourner chez Mirabeau et d'exécuter mon numéro devant tout le monde. De cette façon, si le gars au plastic se trouvait là, il comprendrait que c'était fini de rire et que, tôt ou tard, il faudrait qu'on s'empoignât tous les deux.

Maintenant que j'entrais en guerre, je montai dans ma chambre passer mon holster, après m'être assuré qu'on n'avait pas touché à mon pistolet. Le poids de l'arme sous mon épaule gauche me rendit mon équilibre, aussi paradoxal que cela puisse paraître, et c'est d'un pas décidé que je redescendis à Vanargues.

Le maire se tenait toujours à sa table, mais Mirabeau l'y avait rejoint. Verduraz semblait ainsi présider un conseil municipal restreint. Firmin, assis dans un coin, fumait sa pipe, solitaire. Les autres continuaient à jouer à la manille, à la belote, au billard. La façon dont j'ouvris la porte et le fait de me tenir immobile sur le seuil, l'air mauvais, suscita l'attention que j'espérais. Les joueurs de cartes posèrent leur jeu pour me regarder, les amateurs de billard oublièrent les billes, Elise resta un pied en l'air à me contempler. J'attendis que le maire, alerté par Mirabeau, se retournât pour entamer mon discours :

— Ecoutez-moi bien, gens de Vanargues ! Je suis le nouvel instituteur... Je remplace M. Mangette pour le dernier trimestre... Il n'y a pas huit jours que je suis arrivé et j'ai déjà essuyé deux coups de fusil...

L'assistance se figea.

— ... un de vos concitoyens, il n'y a pas un quart d'heure, m'a averti charitablement que je ne ferais pas de vieux os ici... et la porte de ma cuisine vient de me péter au nez grâce à une petite charge de plastic !...

Il y eut un ah ! collectif et passionné.

— Et tout ça, pourquoi ? Parce que je me suis aventuré du côté de la maison où, il y a deux ans, on a assassiné deux hommes... Il semble que quelqu'un ait eu peur que je découvre quelque chose... quelqu'un qui pourrait bien être l'assassin qu'on n'a jamais trouvé !

On me regardait comme si j'étais un phénomène. J'avais le sentiment que plus personne n'osait respirer.

— Alors, si le bonhomme qui s'amuse à me tirer dessus, à me flanquer des charges de plastic dans mon école est ici, je l'avertis : entre lui et moi, la partie est engagée et elle ne se terminera que s'il a ma peau ou si je le remets entre les mains de la justice. A bon entendeur, salut !

Je leur tournais le dos pour ressortir lorsque le maire cria :

— Monsieur Mérot !

Je suspendis mon mouvement et le regardai.

— Monsieur Mérot... tout à l'heure, lorsque je vous ai dit que vous ne feriez pas de vieux os à Vanargues, j'entendais comme instituteur ! Dieu merci, je n'ai pas pour habitude d'assassiner les fonctionnaires qui me déplaisent !

— Je n'en sais rien.

— Mais... vous m'insultez ?

— Je m'en fous ! On a essayé de m'avoir. Je ne sais pas qui, et tant que je ne le saurai pas, tout le monde m'est suspect !

— Si ce que vous racontez est vrai... si ces attentats ne sont pas le fruit de votre imagination, pourquoi ne pas alerter les gendarmes ?

— J'ai l'habitude de régler seul mes affaires.

La grosse voix de Mirabeau troua le silence de l'assistance :

— Ça peut être dangereux...

— Tant mieux ! J'adore ça, moi, le danger, mon gros !

Cette familiarité coupa le souffle au cafetier qui retomba sur sa chaise, nettement démoralisé. Je promenais un œil sévère sur ceux qui me contemplaient.

— Personne n'a rien à ajouter ? Dans ce cas, que le zouave qui s'amuse avec du plastic se le tienne pour dit ! Qu'il se garde ! Moi, je me garde !

De retour chez moi, tout en disposant le couvert, je me creusais la tête pour essayer de me rappeler si quelqu'un ou quelque chose m'avait échappé durant mon premier séjour au *Cheval Blanc* et, soudain, je me souvins de l'absence de Casseigne... Ce receveur des postes avait beau m'être sympathique, il faudrait que j'étudie son cas d'un peu plus près. J'entamais mon saucisson lorsque j'entendis marcher dans le jardin. En un clin d'œil, je fus debout, la main glissée sous ma veste, les doigts prêts à saisir la crosse de mon Smith & Wesson. Mais ce n'était que Firmin.

Adossé à ce qui restait de la porte, il cherchait visiblement ses mots.

— C'est les femmes...

— Il y en a une de malade ?

— Oh ! non... Elles m'envoient vous chercher.

— Pour quoi faire ?

— Pour manger avec nous.

— En quel honneur ?

— Je leur ai raconté l'affaire du café et comment vous avez parlé au maire ! Vingt dieux ! Jamais on y avait causé comme ça au Verduraz !

Lundi, 25 avril.

Je me suis réveillé le cœur en fête. Quelle admirable journée j'ai vécue hier !... J'ignore si le patron m'aurait félicité de mon algarade avec le maire, mais la Delphine, entre deux tranches d'un savoureux gigot, m'a comparé à Jeanne d'Arc chassant les ennemis de sa patrie, tandis que Louise ne cessait de me contempler avec admiration et, à la moindre occasion, m'adressait le plus chaud des sourires. Dérogeant à de très vieilles habitudes devenues une seconde nature, Firmin se risquait à sortir de son constant mutisme pour pousser des grognements approbatifs. Assez hypocritement, j'en conviens, je transformai ma victoire en triomphe en révélant que j'avais assisté à la messe et combien j'avais été frappé par le prêche énergique de l'abbé Biscarnious. La Delphine, pour me récompenser, sortit une bouteille d'eau-de-vie qu'elle tenait de sa grand-mère. J'appartenais au clan et, en ce qui concerne Louise, mes affaires avaient accompli un prodigieux bond en avant ; les plus tendres espérances m'étaient permises.

On me garda toute la journée, on m'obligea à partager encore le repas du soir et Firmin tint à me raccompagner jusque chez moi afin de s'occuper d'Epaminondas qu'en raison de mes amours et de mes colères, je négligeais quelque peu.

Pour être sincère, j'ai dormi merveilleusement et sitôt que j'eus ouvert les yeux, je m'avisai que c'était le jour de la rentrée. Tout entier repris par la fièvre pédagogique, j'en oubliais la Louise. Quant à ma mission, elle ne m'effleurait même pas l'esprit. Je sentais que, des orteils aux cheveux, j'étais redevenu maître d'école et que, pour l'heure, rien d'autre n'importait. Je donnais congé à mes angoisses, et à mes calculs pour la journée. La classe, uniquement la classe et la reprise de contact avec ce difficile et beau métier que j'avais été fou de quitter.

Dès sept heures, rasé de frais, ayant gardé mon costume du dimanche, j'entrai dans ma classe afin de me rendre compte si tout était bien en place. Je m'installai à mon bureau pour répéter les premiers gestes que, par expérience, je savais être décisifs. J'avais choisi de commencer par une leçon de géographie — ma partie forte — j'estimais, de surcroît, que parler aux gosses des eaux courantes, des plantes et des bêtes leur ferait trouver la transition moins brutale entre la vie libre des champs et l'existence nécessairement plus confinée de l'école. Au surplus, le superbe globe terrestre déniché dans le placard éclairait mon bureau de la tache éclatante de ses océans bleu céleste.

La demie de sept heures me surprit en train de réciter les affluents de la rive droite de la Loire, depuis le Gerbier des Joncs jusqu'à son embouchure. A huit heures moins le quart — la classe commençait à huit heures — j'étais debout sur le seuil de mon domaine. A huit heures moins cinq, j'avançai dans le jardin, prêt à une prompte retraite au premier écho de leurs voix. A huit heures, je me tenais à la grille largement ouverte, guettant vainement l'arrivée de mes disciples. A huit heures et quart, assis sur une vieille borne, la tête dans mes mains, écrasé par ce coup du destin, je philosophais amèrement sur la situation sociale de l'instituteur — dont l'existence ne s'explique, ne se justifie que par les élèves — sans élèves...

A huit heures et demie, ma disgrâce m'apparaissait sans limites. Un colonel qui perdrait son régiment pourrait espérer, par le jeu subtil des avancements, en retrouver un autre, mais, moi, que pouvais-je devenir dans mon école vide ? A quoi tenait cette désertion générale ? A l'influence du maire ? Une fureur homicide commençait à me secouer lorsque, brusquement, la brise matinale m'apporta les notes guillerettes d'une chanson de marche hardiment sifflée. D'un élan, je fus debout. En aurais-je au moins un ? Je prêtai l'oreille. Pas de doute : on se rapprochait et je crus reconnaître dans la chanson qui m'arrivait le rythme de certains couplets militaires dont les paroles ne sont pas précisément de celles qu'une mère de famille aimerait à entendre fredonner par sa fille. Enfin, au bout du chemin, Titin Lanouègue parut. Il n'était pas gros, mais je le reconnus tout de suite. Il avançait tranquillement, les mains dans les poches, la courroie de son cartable lui barrant la poitrine, poussant, du bout de ses souliers ferrés, les cailloux rencontrés. C'était lui qui sifflait. Il passa devant moi, l'œil en dessous, sans me saluer. Ce serait dur de le conquérir, celui-là ! Au passage, je l'arrêtai :

— Tu es en retard...

— En retard ?

— La classe commence à huit heures !

Il haussa les épaules pour me montrer qu'il était très au-dessus de ces mesquines questions d'horaire et se contenta de me demander :

— Les autres... où qu'ils sont ?

Les autres !... Il y en aurait donc d'autres ? Je lâchai le petit bonhomme qui fila vers la classe, y pénétra sans attendre mon autorisation et s'installa à une place qui lui plaisait sans doute mais que, dans mon plan, je ne lui destinais pas.

Ils arrivèrent par petits groupes, gamins aux allures décidées cherchant un dernier mauvais coup à faire, petites filles aux robes raidies qu'elles étrennaient vraisemblablement en ce jour de rentrée. Comme Titin, tous me regardaient en passant et, comme Titin, allaient s'asseoir où bon leur semblait en traînant les pieds et en poussant des cris. A neuf heures, n'espérant plus voir mon effectif augmenter, je pénétrai à mon tour dans la salle de classe. Mon arrivée suspendit les conversations comme votre avance dans un bois, si légère, si discrète soit-elle interrompt les oiseaux dans leurs ébats. L'air aussi sévère que je le pouvais, je pris place à mon bureau et là, d'un œil que je voulais olympien, je dénombrais mes disciples. Ils étaient quatorze en tout : neuf garçons et cinq filles. Dans l'ensemble, ils montraient de bonnes figures de gosses dont la curiosité et un brin d'inquiétude crispaient un peu les traits. Tout de suite, j'en remarquai deux qui tranchaient sur le reste du lot. Titin Lanouègue d'abord, carrant la force de ses huit ans à une table où il avait su demeurer seul. A la manière dont il me surveillait, je compris que je figurais pour lui l'ennemi. Au moment où mon regard croisa le sien, il me fixa insolemment et pour bien me faire saisir qu'il n'y avait pas d'accord possible entre lui et moi, il plongea son index droit dans l'encrier. Je ne relevai pas le geste tout en notant le défi. Et puis, une gamine délicieuse qui, à l'autre bout de la classe, la figure barbouillée de ses boucles blondes, m'adressait les plus jolis sourires qu'une demoiselle de cinq ans puisse adresser à un monsieur qu'elle ne connaît pas. Mon cœur en fut réchauffé. Au moins, j'avais une alliée.

Ayant sorti de mon tiroir le beau cahier où, sur la première page de gauche, j'avais écrit FILLES et inscrit GARÇONS sur celle de droite, je commençai de noter les noms. A mesure que je les désignais, les gosses se levaient d'un jet et me lançaient une onomatopée où il me fallut attraper une appellation chrétienne ! Quand je pense qu'avec ma passion pour l'ordre, j'avais subdivisé mes colonnes en compartiments plus étroits pour les noms, les prénoms, les âges, les adresses... Quelle naïveté ! A peine avaient-ils, les uns et les autres, commencé à me décliner leur état civil que j'étais submergé par des vocables où défilaient tous les coins et recoins du pays ! Renonçant à mes illusions, j'inscrivis à la file et sans chercher à m'y reconnaître : le Jean de la Barrette, la Tine des Trois-Prés, la Sylvie de la Côte, le Jules des Terrasses, le Maurice de chez Esquirolle, le Robert d'A-Côté, la Marie de l'Autrebout, le Marius de l'Epicier, la Guite du Bourg et encore un Ernest, un Mathieu et un Roger qui étaient aussi du bourg avec une Marie, sans que je puisse saisir s'il y avait le moindre lien de parenté entre eux. De même, je dus très vite renoncer à traduire la Tine par Léontine car l'enfant interrogé m'affirma se prénommer Agathe.

Ma confusion était sans doute apparente car j'entendais des rires étouffés. Pour rattraper mon prestige et asseoir mon autorité, je fermai mon cahier et empoignai le globe terrestre. Du coup, ils se figèrent pour me regarder manipuler le monde. Je les tenais ! Je commençai doucement, palpant les montagnes, caressant les océans, grattant les pôles, frôlant l'équateur. Ils me suivaient, même les plus petits. D'ailleurs, dès que je sentais leur attention se relâcher, je lançai un de ces noms étranges qui sont la poésie de la géographie : Tanganyika, Ontario, Popocatepetl, Gaurisonkar, dont les syllabes sonores éclataient dans la classe. Plus que de l'instruction de mes élèves, je tenais à me rendre compte où en était ma propre science après tant d'années aventureuses. Bercé par ma voix, je me laissais emporter, voulant épuiser ce que ma mémoire avait gardé. Ce fut un mascaret. Tout y passa, les déserts comme les villes, les plaines comme les montagnes. Les affluents de la Loire — mon triomphe ! — je les clamai par ordre alphabétique, par rang de taille, par nombre de mètres cubes-seconde, dans un sens et dans l'autre. Enivré, je me lançai dans une évaluation approximative des profondeurs abyssales. Pour ces enfants, je vidai l'océan Pacifique dont je parcourais le fond. Pour eux, j'asséchai la Méditerranée. A peine si je me donnai le temps, entre deux chiffres, de respirer.

J'avais le doigt au beau milieu de l'océan Indien quand la Tine des Trois-Prés leva la main. Je suspendis mon discours comme le plongeur qui, au moment de sauter, suspend son envol au bord du tremplin. J'avais réussi à en intéresser au moins une et, déjà, l'émotion me prenait à la gorge en pensant que ce bout de femme, plus tard, en gardant les vaches, en tenant son ménage, en élevant ses gosses rêverait à la superficie de la mer de Chine ou à la température moyenne de Tombouctou, à cause de moi ! On a beau dire, la pédagogie, c'est quand même une belle chose ! Je pris ma voix la plus affectueuse pour demander :

— Que veux-tu, petite ?

D'instinct, je la tutoyais comme on tutoie quelqu'un qui vous comprend. La gamine se leva et, d'un air triomphant, lança :

— C'est la Guite qu'a fait pipi sur son banc !

Mon globe terrestre à la main, je demeurais stupide, ne concevant pas tout de suite le saugrenu de la chose. La classe entière se mit à rire paisiblement, comme on rit d'un incident pas autrement exceptionnel, mais, néanmoins, suffisamment drôle pour interrompre également la monotonie de l'heure. Je ne sais, à vrai dire, ce qui me rendait le plus furieux, de l'interruption de cette imbécile de Tine ou du laisser-aller de l'autre, incapable de garder pour ailleurs un épanchement naturel mais intempestif. La pédagogie est bien la dernière chose du monde !...

Ayant abandonné notre planète, je dégringolai de mon bureau. Je ne devais pas avoir une figure bien rassurante car tous se turent, crispés dans une attente inquiète. La délatrice, sans trop oser me regarder, me désigna du doigt la coupable. Ah ! destin, voilà bien de tes coups ! Celle que je me sentais prêt à foudroyer était le petit ange blond qui, tout à l'heure, m'avait souri. Mon prestige chancela en même temps que ma colère. Dans ma mémoire aiguillonnée par la gravité du moment, de vieux pédagogues aux gestes impitoyables se levèrent pour m'indiquer mon devoir. Il fallait être ferme.

— Mademoiselle !...

C'était idiot : le nom était plus grand qu'elle. Pourtant, le coup avait porté et je vis sa frimousse se tordre, prête aux larmes. Les enfants supportent difficilement d'être traités en grandes personnes. Un soupir la gonfla toute, arrêtant la semonce sur mes lèvres. On ricana dans mon dos. Je n'eus pas besoin de me retourner pour savoir que c'était Titin Lanouègue. Je ne pouvais admettre, de ma part, une pareille capitulation. Je me penchai vers la Guite pour qu'elle pût contempler la sévérité de mon regard. Mon visage à quelques centimètres du sien qu'elle cachait derrière deux petites menottes, je dis sévèrement :

— Ce que tu viens de faire...

Et la Guite, sortant de derrière l'écran de ses mains le plus radieux et le plus cynique des sourires, me mit tranquillement les bras autour du cou et m'embrassa sur le nez. Que vouliez-vous que je fisse ? C'était la première fois qu'un enfant m'embrassait... La pourpre de la honte au front, je m'entendis affirmer :

— Ce que tu viens de faire n'a pas tellement d'importance...

Un éclat de rire monta se ficher dans le plafond : Titin Lanouègue m'avait jugé.

Jeudi, 28 avril.

J'ai accueilli ce premier jeudi avec soulagement. J'avais besoin de faire le point. A dire vrai, mon bel enthousiasme des semaines passées s'était dissipé. Je manquais d'autorité. Les gosses s'en étaient rendu compte presque tout de suite et commençaient à agir selon leurs inspirations personnelles qui ne cadraient que rarement avec mes ordres. Au début, je m'étais fâché — peut-être même de façon exagérée — mais il ne me fallut que quelques heures pour admettre mon échec. Etait-il donc écrit que je ne quitterais pas les Services Spéciaux et le congé pendant lequel je m'offrais une incursion dans les rangs obscurs de l'Université ne changerait-il rien à ma destinée ?

Depuis mon esclandre public, je n'étais pas retourné au *Cheval Blanc*, mais je savais, par Louise, que Vanargues se passionnait sur mon cas. Pour les uns, je me révélais une sorte de nouvelle Jeanne d'Arc venue chasser les ennemis de Dieu et de l'Ecole Libre (en prenant le curieux chemin de l'école laïque) ; pour les autres, je m'affirmais un traître passé au service de la réaction et de l'obscurantisme et dont il importait de se débarrasser au plus vite. Sans que j'en prisse clairement conscience, par affection pour la Louise, j'inclinais vers le camp des Blancs. La veille au soir, M. Verduraz était venu me mettre en garde contre moi-même. Il arriva en tapinois comme je finissais de dîner et lorsqu'il s'encadra dans la porte, je faillis m'étrangler avec ma dernière bouchée de pain.

— Je ne vous dérange pas, monsieur Mérot ?

— Pas du tout, monsieur le maire... Je vis seul et une visite est toujours la bienvenue...

Il ôta son chapeau — une espèce de panama jauni par le soleil de plus de trente étés — et prit place sur ma meilleure chaise sans attendre mon invitation.

— Monsieur Mérot... Nous nous sommes séparés l'autre jour sur un malentendu... J'aurais le droit de vous garder rancune de votre attitude à mon égard... attitude qui ne seyait pas à un homme de votre âge s'adressant à un homme du mien...

— Ecoutez, monsieur le maire... je conviens que, dimanche, je me suis montré brutal mais je déteste présenter des excuses...

— Je ne suis pas ici, pour vous en demander... Voyez-vous, monsieur Mérot, nous avons un grand besoin de garçons dynamiques... même s'ils se montrent un peu... outranciers... Je ne doute pas que votre... incartade ait fait de vous le point de mire de la commune... Si vous acceptiez mes conseils... vous pourriez nous aider...

— Vous ?

— Les défenseurs de la République Une et Anticléricale !

— Mais, en admettant que j'accepte ce rôle... que

pourrais-je tenter ? Je ne connais pratiquement personne !

— Oubliez-vous que les gosses du village usent leurs fonds de culottes sur vos bancs ?

— Vous ne souhaitez quand même pas que je les endoctrine, eux ?

— Evidemment non, quoique une réflexion judicieuse çà et là, au hasard des lectures, serait susceptible de leur ouvrir l'esprit et de les empêcher de se laisser prendre aux impostures cléricales... Mais, enfin, laissons les enfants. Non, mon cher, je faisais allusion aux parents...

— Je ne les ai pas encore vus !

— Rassurez-vous, ils viendront ! Pour l'heure, ils vous flairent, de loin. Ils attendent que l'un d'entre eux s'enhardisse pour arriver jusqu'à vous. Ils guetteront la manière dont vous le recevrez et après... Eh bien ! après, je vous plains car c'est le côté le plus pénible de votre métier, mais le plus utile, si l'on sait s'en servir... Il me semble que par des conversations bien orientées, complétées de visites appropriées, vous parviendrez à faire pénétrer la lumière républicaine dans des foyers jusqu'ici enténébrés !

Il remettait ça ! Ce que ce bonhomme pouvait m'exaspérer avec ses obsessions d'un autre temps ! J'essayai de lui expliquer que jusqu'à présent, j'avais eu autre chose à faire dans l'existence que de me soucier de la manière dont mes contemporains réglaient leurs comptes avec le ciel et que, de plus, je ne me sentais pas du tout attiré par ce genre de distraction. Au fur et à mesure que j'exposais mon point de vue, le visage du maire se recroquevillait comme une main qu'on ferme. Le menton et le nez semblaient se rapprocher pour faire disparaître la bouche, et les arcades sourcilières se gonfler pour dissimuler les yeux. Une bien curieuse gymnastique.

— En somme, monsieur Mérot, vous ne marchez pas ?

— Je ne marche pas, monsieur le maire.

— J'ai pas mal d'influence sur vos supérieurs, figurez-vous, et on n'envoie à Vanargues que des inspecteurs qui sont de mes amis...

— J'ai l'honneur de vous affirmer que je m'en fous, monsieur le maire.

Il se leva, très raide.

— J'ai compris... Puis-je vous donner mon opinion, monsieur Mérot ?

— Je vous en prie, monsieur le maire ?

— A vous entendre... à vous voir adopter cette attitude hostile à l'égard d'un enseignement auquel vous devez tout... on se demande... ma foi, oui, on se demande si vous avez déjà été instituteur, comme vos papiers le portent... et si vous êtes bien à Vanargues pour y exercer ce métier...

— Et quel diable d'autre métier voudriez-vous que j'y exerce ?

— C'est justement ce que je me demande, mon cher...

Il se moquait de moi, démasquant ses batteries pour m'obliger à démasquer les miennes. Je jouai les naïfs :

— Je ne saisis pas, monsieur le maire ?

— Je n'en suis pas certain, monsieur Mérot... Ces histoires de coups de feu, de plastic, que vous nous avez racontées l'autre jour, au café, c'était la vérité ou une blague ?

— La vérité, monsieur le maire.

— Et vous estimez que c'est normal pour un instituteur ?

— De votre côté, monsieur le maire, estimez-vous qu'il soit normal que vos administrés essaient de m'assassiner avec un fusil ou un peu de plastic ?

— Non.

— Dans ce cas, moi aussi, je répondrai non à votre question. Etes-vous satisfait ?

— Pas du tout, monsieur Mérot. A vrai dire, je ne le serai que le jour où j'aurai deviné pourquoi vous êtes venu à Vanargues et pourquoi on essaie de vous abattre... Sur ce, je vous souhaite bonne nuit, monsieur Mérot.

— Bonne nuit, monsieur le maire.

Au moment où il quittait la cuisine pour se fondre dans l'obscurité, il se tourna vers moi :

— A moins que ces deux questions n'aient qu'une seule réponse et qu'on vous tire dessus parce que vous êtes venu ici...

Gros malin, va !

— Excellente déduction, monsieur le maire, et dont la conclusion est : si vous partiez, vous sauveriez votre vie, c'est bien cela, n'est-ce pas ?

— Exactement.

Son rire de crécelle obligea à se taire le crapaud-accoucheur qui, chaque soir depuis mon installation, laisse tomber à intervalles réguliers la seule note limpide et claire de ce que je n'oserais quand même pas appeler son chant.

Revenu à ma table, je bourrai ma pipe et débouchai une bouteille de ce vin de Cahors que je me mettais à aimer. Le maire avait-il désiré me donner un avertissement ? Voulait-il mon départ ? Etait-il l'imbécile qu'il affectait d'être, perdu dans des querelles traditionnelles, ou feignait-il de se passionner pour ces histoires de clocher à seule fin de masquer autre chose ? Mirabeau, Casseigne et Verduraz seraient-ils liés par le souvenir commun de l'assassinat de Lessoire et de l'homme que ce dernier devait protéger ? Si oui, on pouvait penser qu'après les deux tentatives infructueuses de Mirabeau pour m'écarter, Casseigne avait lancé l'offensive de l'amitié tandis que Verduraz trouvait le joint de la dispute scolaire pour m'inciter à débarrasser le pays. S'il m'était impossible d'orienter mes soupçons, une chose s'affirmait certaine : le patron ne se trompait pas, le meurtrier de Lessoire se trouvait à Vanargues. J'allais donc m'employer à essayer de démasquer le salaud qui avait tué mon « ancien ». Lorsque j'eus fini ma bouteille de Cahors et secoué la cendre de ma pipe, je ne doutais plus d'y parvenir. Je montai me coucher après avoir mis un semblant d'ordre dans la pièce, à seule fin que Louise ne me tînt pas pour un dégoûtant, lorsque je réalisai subitement que j'avais oublié mon pauvre Epaminondas qui, devant sa mangeoire vide, devait méditer avec amertume sur l'indifférence des hommes à l'égard des ânes. Je courus à l'écurie.

Epaminondas somnolait. A mon arrivée, il ne bougea pas une oreille. Cette absence de réaction traduisait sa rancune. Je m'étais déjà rendu compte qu'en dépit de son caractère débonnaire mon compagnon se révélait extrêmement susceptible, ce qui mettait toujours nos rapports en péril car, allez donc savoir ce qui peut vexer un âne ! Lorsque j'eus déposé sous son nez un picotin largement augmenté, il se contenta de fixer sur moi son regard de velours, épais et tellement chaud que je m'en sentis réconforté. Le remords m'étouffait. Comment avais-je pu négliger mon seul ami, uniquement parce que je n'avais pas osé flanquer à la porte ce sale type d'Honoré Verduraz ? J'avais honte. Epaminondas refusa de toucher à son dîner, et ne consentit point à tremper son museau dans le seau d'eau fraîche que je lui offris. Epaminondas boudait. Alors, je tâchai de m'expliquer du mieux que je pus. Lâchement, je lui rappelai mes bontés passées ; tous les matins, je venais lui souhaiter le bonjour en m'enquérant de la façon dont il avait passé la nuit, je ne lésinais pas à la dépense en ce qui touchait sa nourriture, enfin je le considérais comme mon copain et je l'aimais presque autant que Louise. Sans manger, ni boire, Epaminondas me regardait... Devant l'inutilité des mots, j'essayai des caresses. Du bout des doigts, je lui grattai l'étoile blanche auréolant son front. Je passai tendrement la paume de ma main droite sous sa mâchoire tandis que de la gauche, je lui frictionnai les côtes. Peine perdue ! Mon âne, stoïque, ne mangeait, ni ne buvait. Je me fis aussi câlin que j'aurais pu me montrer avec Louise si elle m'en avait donné l'occasion. J'entourai son cou de mon bras et, appuyant ma joue contre la sienne, je lui chuchotai le chagrin qu'il m'infligeait. Il me parut qu'il commençait à s'abandonner. Je redoublai de conviction, lui affirmant qu'il était mon seul confident et que si lui aussi m'abandonnait, je resterais seul. Pour le convaincre tout à fait, je pris sa tête à pleines mains et l'embrassai sur le museau, entre les naseaux, là où la peau est soyeuse et molle. Je mentirais si je n'avouais pas qu'en embrassant mon âne, je ne pensai pas un peu à Louise. En réponse à mes effusions, j'écopai de cette caresse dont Epaminondas a le secret et qui, tout en me nettoyant une partie de la figure, me prouvait que mon ami ne m'en voulait plus. Je pus rentrer me coucher, débarrassé de mes remords.

cider les instituteurs de Vanargues. Force m'était donc d'envisager l'hypothèse qu'en ayant essayé de m'éliminer, le prêtre s'avouait l'auteur ou le complice du meurtre de Lessoire et de son malheureux protégé. Brusquement, il fut là, énorme, monumental. Vu d'en bas, il donnait le vertige. Sa voix gronda sous les arbres :

— Naturellement, vous êtes le nouvel instituteur ?

— Naturellement...

— Et naturellement aussi, vous vous foutez du Bon Dieu ?

— Je n'en ai pas le droit peut-être quand je vois des hommes de votre sorte porter son uniforme ?

Moi aussi, j'ai crié, mais l'effort me fit tellement mal à la tête que je résolus de supporter les sarcasmes de mon assassin dans un silence méprisant.

— Il se peut que je ne sois pas digne de porter cet uniforme, comme vous me le dites si aimablement, mais pour ne pas remercier le Seigneur de vous avoir sauvé la vie en envoyant les enfants près de vous alors même qu'on s'apprêtait à vous expédier dans l'autre monde — voyage pour lequel vous ne me semblez pas du tout préparé — il faut être un beau salaud !

Il ne manquait pas de culot, l'abbé ! J'ai connu, dans mon métier, toutes sortes de gens qui ne valaient pas la corde pour les pendre, mais d'aussi cyniques que ce prêtre, jamais ! Je voulus protester, clamer mon indignation, mais il ne m'en laissa pas le temps. Il s'agenouilla à mon côté.

— Laissez-moi palper votre crâne de mécréant... J'ai été infirmier-chef pendant la guerre.

Quand je sentis ces grosses mains se poser sur ma tête, je crus qu'il allait m'achever mais, très vite, je dus m'avouer qu'il témoignait d'une délicatesse surprenante. C'est à peine si je me rendais compte qu'il me tâtait pour déceler une fêlure.

— Rien... l'oreille un peu décollée... Je vous ai préparé un emplâtre pendant que vous étiez dans les pommes. Je vais vous le mettre en place avec une bande Velpeau. J'en emporte toujours dans nos excursions.

Il m'appliqua une bouillie épaisse d'herbes et m'enveloppa fort habilement une moitié de la tête.

— Il s'en est fallu de peu que vous ne soyez mis en présence de votre Créateur... Songez-y !

Je commençais à voir rouge. Je parvins à me mettre sur mon séant et approchai mon visage de celui de l'abbé Biscarnious. Le saint homme sentait l'oignon et le tabac.

— Vous avez fini de vous payer ma physionomie ?

Il me contempla avec une incrédulité nettement visible.

— Vous délirez ou quoi ?

— Assassin !

Il y eut un flottement perceptible parmi les gosses. Le prêtre resta un moment sans voix, puis ferma les yeux, serra les mâchoires et joignant les mains cria plus qu'il ne dit :

— Sainte Mère, venez vite parce que si Vous n'intervenez pas immédiatement, celui-là, je Vous l'envoie tout de suite !

Il y avait dans cette étrange prière un accent de sincérité qui me troubla. Je vis ses lèvres remuer sur une supplication fervente, puis il eut un énorme soupir, ouvrit les yeux et dit :

— Ouf !... Ça va mieux... Deux fois que vous en passez près, jeune homme... Attention à la troisième !

Je commençais à me demander si je ne m'étais pas fichu dedans.

— Alors, ce n'est pas vous qui m'avez assommé ?

Il eut un gros rire.

— Je ne pousse quand même pas le zèle jusqu'à zigouiller ceux qui ne pensent pas comme moi ! Dites donc, on apprend décidément de drôles de choses chez vous autres ?

— Si ce n'est pas vous, qui donc m'a frappé ?

— Je n'en sais rien... Les gosses ont attrapé le bruit d'une fuite à travers les branches des arbres. Ils n'ont pas établi un rapprochement entre ce qu'ils entendaient et leur instituteur étendu sur le ventre... Ils sont venus me chercher, et voilà...

Il ajouta d'une voix douce :

— Aussi étonnant que cela puisse vous paraître, monsieur Mérot, je n'ai encore aucun crime sur la conscience...

Il avait raison de se moquer de moi. Je le méritais.

— Je vous demande pardon, monsieur le curé... et je vous remercie.

— Vous changez vite d'opinion, hein ? Mais je préfère celle-là à l'autre... Et maintenant, on vous ramène à l'école.

Le prêtre procéda à l'appel des enfants et on s'aperçut de l'absence de Titin Lanouègue. Alors qu'on s'apprêtait à se lancer à sa recherche, un de ses camarades révéla que Titin était parti devant pour annoncer la nouvelle au pays. J'en eus la respiration coupée. Qu'est-ce que ce maudit gosse devait raconter ?

Ce que Titin Lanouègue avait raconté, je ne tardai pas à le savoir. Sitôt que nous atteignîmes les premières maisons de Vanargues — moi appuyé sur l'abbé qui me donnait le bras — nous nous heurtâmes à la quasi-totalité de la population qui se pressait sur notre chemin. Ni le curé, ni moi, ne comprenions rien à l'événement. Mon compagnon repéra le sacristain parmi les curieux et nous apprîmes de ce brave homme que Titin avait rapporté une histoire fort embrouillée à laquelle personne n'avait compris grand-chose. Cependant, l'opinion qui prévalait assurait que le prêtre et moi en étions venus aux mains et que mon adversaire ayant eu le dessus me ramenait à Vanargues comme Jules César, jadis, ramena Vercingétorix à Rome. Humilié, confus, je dus traverser le village pour gagner mon école où l'abbé crut de son devoir de m'accompagner, offrant ainsi aux habitants de Vanargues le triste ou réconfortant spectacle — selon leurs convictions — de la déroute de l'école laïque. Pour essayer de me consoler, je me répétais comme une litanie cette remarque pleine de la sagesse de Catherin Bugnard : « Y a pas de pays au monde où on s'en voye autant que sur cette pauvre terre. »

Piétinant mon amour-propre, l'abbé Biscarnious tint à me mettre lui-même au lit, à ausculter une fois de plus ma tête, à refaire mon pansement, à m'administrer une tisane de tilleul avec deux comprimés d'aspirine, à m'assurer que ce n'était pas la peine d'alerter le médecin et que, dès le lendemain, je serais sur pied. Ce furent les dernières paroles que j'entendis avant que l'instituteur de Vanargues ne s'endormît sous la protection amicale du curé de la paroisse.

Vendredi, 29 avril.

Le prêtre avait raisonné juste et je me suis réveillé, ce matin, à l'aube en parfait état ou presque. Une douzaine d'heures de sommeil m'avaient complètement retapé. Je ne souffrais plus du crâne et je pus me débarrasser de mon pansement que remplaça un morceau de sparadrap. Mais mon moral était dans un fichu état... A dire vrai, j'enrageais et j'oubliais que je me trouvais à Vanargues pour enseigner le rudiment à une bande de loupiots indifférents ou mal élevés. Je ne tiens pas spécialement à m'étendre sur mes actions antérieures, d'abord parce que ce qui est terminé est terminé, ensuite parce que l'héroïsme est toujours matière d'appréciation, et nous autres, quand on meurt, il y a très peu de gens qui s'en aperçoivent. De plus, nos trépas ne sont généralement pas faciles. Tout ceci non pas pour attendrir sur mon sort, car personne n'entre aux S.S. de force, mais tout simplement pour expliquer qu'en quelques années de métier, je m'étais endurci et que j'en avais vu pas mal. Je passais pour un garçon solide dans la corporation, et quelques types à travers le monde me respectaient assez pour préférer se trouver ailleurs qu'à l'endroit où je débarquais. Pas un as, non, n'exagérons pas, mais un parmi les bons. Ceci exposé, on peut se figurer ma hargne en ce petit matin du 29 avril où je dressai le bilan de ces quelques jours vécus dans un trou de la Dordogne dont pas un Français sur cent mille connaissait seulement le nom ! Et pourtant, depuis mon arrivée, je n'arrêtais pas d'encaisser !

Si Epaminondas ne parut pas tellement impressionné par le récit succinct que je lui fis du guet-apens où il avait failli perdre son maître, je me flattai qu'à midi, Louise serait touchée par mes malheurs et que peut-être, alors, elle consentirait à manifester un peu d'émotion, ce qui me permettrait... enfin, bref, vous connaissez la suite ! Le temps me durait que midi sonnât mais il n'était encore que sept heures.

Vers huit heures, je m'apprêtais à gagner la salle de classe lorsque le maire se montra en compagnie de Mirabeau. Ils me saluèrent fort courtoisement et Verduraz m'annonça :

— Nous sommes heureux de constater que votre état n'est pas aussi grave que la rumeur publique le laisse entendre ?

— A part une plaie à l'oreille, ce ne sera bientôt plus qu'un mauvais souvenir.

— Et, je l'espère, une occasion de porter un rude coup à la cause défendue par ce sauvage !

— Pardon ?

— Vous n'allez tout de même pas encaisser sans rendre la monnaie, monsieur Mérot ?

— Ce n'est pas mon intention, monsieur le maire, rassurez-vous !

— Tant mieux !

Si Verduraz jouait un rôle, il le jouait bien. Mais je n'étais pas plus sot que lui.

— Il serait bon, je pense, monsieur Mérot, que nous nous concertions sur les mesures à prendre ?

En somme, ces deux lascars s'amenaient pour se rendre compte de la manière dont je réagissais et si, oui ou non, je me décidais à demander mon changement. Ils allaient être servis ! Je les priai d'entrer dans la salle de classe tandis que je demandais aux enfants les premiers arrivés d'avertir leurs camarades de rester en récréation jusqu'à mon appel.

La porte de la salle refermée, je m'installai à mon bureau, laissant mes visiteurs s'asseoir de biais sur les bancs scolaires.

— Messieurs, j'ai déjà eu l'honneur de vous dire qu'on s'était attaqué plusieurs fois à ma personne sans parvenir à vous convaincre. Hier, seul un hasard a voulu que je n'aie pas été tué. Vous demandez, monsieur le maire, si je compte encaisser sans rendre la monnaie ? Je la rendrai, remettez-vous-en à moi.

Verduraz sursauta :

— Je me félicite, monsieur Mérot, de vous voir dans cet état d'esprit. J'ai prévenu la gendarmerie qui enverra ses gendarmes pour recevoir votre plainte.

— Les gendarmes ? Inutile ! Je règle seul mes histoires.

— Cette fois, ce n'est pas possible, car tout s'est passé publiquement. Vous devez déposer plainte !

— Contre qui ?

Ils se contemplèrent, ahuris.

— Comment ça, contre qui ? Mais contre votre agresseur, l'abbé Biscarnious !

— L'abbé Biscarnious ? C'est lui qui m'a soigné, ramené, dorloté comme si j'étais son fils !

Tous deux paraissaient confondus. Sans doute en étaient-ils restés à la version née des racontars confus de Titin Lanouègue ? Je pris, je l'avoue, un certain plaisir à les détromper. Du coup, ils se fermèrent et me redevinrent hostiles. Très sèchement, Verduraz décréta :

— De toute façon, monsieur Mérot, vous avez été victime d'un attentat et la loi vous ordonne de porter plainte.

— Si je veux !

— Votre position de fonctionnaire vous interdit de ne pas tenir compte des prescriptions de la loi ?

Ce Verduraz s'affirmait un comédien de premier ordre.

— J'ai pour métier de donner des leçons, monsieur le maire, non d'en recevoir !

— Vous en auriez pourtant bien besoin ! Grâce à vous, l'obscurantisme a marqué un point, car pour Vanargues tout entier, vous avez été rossé par l'abbé Biscarnious ! Et vous savez combien les simples sont enclins à assimiler la force à la justice ! Vous trahissez, monsieur Mérot, et nous n'aimons pas les traîtres chez nous.

— Monsieur le maire, je vous serais bien obligé de partir et de ne jamais remettre les pieds ici.

— Cette école est mon domaine tout autant que le vôtre !

— Dans ce cas, je vous cède la place !

Et je les plantai là pour rejoindre les enfants. Je plaçai

les gosses sur un rang et, pour sortir, Verduraz et Mirabeau durent défiler devant nous. Ils en marquèrent de l'humeur à en juger par leurs mines renfrognées.

Mes élèves se montrèrent d'une sagesse exemplaire. Ils n'avaient point oublié la scène de la veille et semblaient fascinés par le léger pansement que je portais à l'oreille. Je les laissai s'échapper un peu avant midi, tant j'étais impatient de constater l'effet de mon récit sur l'esprit de Louise. Mais à midi et demi, contrairement à son habitude, la fille de Delphine ne s'était pas montrée. Craignant qu'elle ne fût souffrante, je commençais à me ronger d'inquiétude. A treize heures, j'avais faim, et mon inquiétude tournait à l'angoisse. Décidé à savoir ce qui se passait, je me rendis chez mes amis.

Sitôt la porte de la salle basse poussée, je fus rassuré. Firmin, Delphine et Louise déjeunaient paisiblement. Mon apparition ne les interrompit nullement. Mieux, ils semblèrent ne pas s'apercevoir de ma présence et cette impolitesse voulue, concertée, me démonta. Je dis : « Bonjour... » On ne me répondit pas. Cela tournait à la provocation. Je m'imposai un effort pour ne pas céder à la colère :

— Je craignais que Louise ne fût malade...

Sans se lever, la Delphine m'annonça :

— Louise n'ira plus chez vous.

— Ah ?...

Pas la moindre explication. Le chagrin tout autant que l'énervement me poussèrent à hausser le ton.

— Drôle de manières pour des gens qui sont respectés dans le pays !

Comme cinglée, la Delphine se leva, furieuse :

— C'est justement pour continuer à être respectée que ma fille, elle n'ira plus chez vous !

J'en avais assez.

— Et pourquoi ? Qu'est-ce que je lui ai fait à Louise ? Je ne me suis pas toujours conduit correctement à son égard ?

— Il manquerait plus que ça !

— Alors ?

Delphine se dégagea du banc où elle était assise et vint vers moi :

— Alors, monsieur l'instituteur, je veux pas avoir de fréquentation avec un homme qui ose lever la main sur un serviteur de Dieu ! Un damné ! Un excommunié ! Voilà ce que vous êtes ! Et nous, on tient à notre part de paradis !

— Moi ? Moi, j'ai frappé l'abbé Biscarnious ?

— Si vous vous étiez pas jeté sur lui, pour quelles raisons il vous aurait rossé ? Parce qu'il vous a flanqué une belle tripotée, pas vrai ?

— Pas du tout ! Il m'a soigné... et c'est lui, hier soir, qui m'a ramené à l'école, qui m'a aidé à me coucher et m'a préparé une infusion !

Ils se regardèrent, incrédules. J'expliquai alors l'événement tel qu'il s'était réellement déroulé. L'atmosphère changea d'un seul coup. On me pria d'oublier des soupçons injurieux. On me félicita de me lier d'amitié avec le curé et on m'offrit de prendre place à table, ce que je n'eus garde de refuser. Après le repas, on but le café, puis la goutte, et quand je regagnai mon école ce fut pour y trouver deux gendarmes que mes élèves entouraient, admiratifs.

La conversation avec eux fut brève mais difficile. Ces braves gens ne comprenaient pas pourquoi on les avait dérangés puisque je ne portais pas plainte. Ils sentaient quelque chose de louche dans cette histoire, sans avoir la moindre idée de ce que cela pouvait être. Ils ne cessaient de me répéter qu'ils étaient venus sur appel du maire et que ce dernier n'avait pas la réputation d'être un farceur. Je tentai de leur faire admettre qu'il s'agissait sans doute d'un accident.

— Un accident ?

— J'ai cru sur le moment qu'on m'avait frappé par-derrière, mais, tout bien pesé, il se pourrait qu'une grosse branche se soit détachée au moment précis où je passais...

Visiblement, ils ne me croyaient pas mais ne comprenant rien à mon attitude, ils ne voyaient pas de quelle façon s'y prendre pour me convaincre d'agir autrement. Le plus vieux se contenta de remarquer :

— C'est bizarre tout ça... Enfin, on peut pas vous forcer, hein ? Mais ça n'empêche pas que c'est bizarre...

Ils s'en allèrent préoccupés.

En entrant chez moi, le receveur des postes ne prit pas la peine de me saluer et, tout à trac, me jeta :

— Vous en faites de belles !

— Qu'est-ce qu'il y a encore ?

Il posa son chapeau sur la table, empoigna une chaise, s'y installa et, joyeux :

— Permettez-moi de vous dire que vous semblez avoir le don de créer du remue-ménage ! A peine avez-vous mis le pied dans ce patelin, où il ne se passe jamais rien — si j'en accepte ce double crime qui semblait devoir passer à la postérité, parce que exceptionnel, dans l'histoire de Vanargues — que les assassins semblent sortir de derrière chaque arbre : coups de fusil, plastic, instruments contondants, toute la gamme, quoi ! Et, miraculeusement, vous passez à chaque fois au travers !

— Le regretteriez-vous ?

— Fichtre non ! Vous apportez une sacrée animation dans notre coin et je serais navré qu'on y mît fin !

— Vous êtes bien bon...

— Pas tellement, mais je m'ennuie... Je plaisante... Je ne voudrais pour rien au monde qu'il vous arrive quelque chose de grave. Hier soir, tout Vanargues ne parlait que de la bagarre vous ayant mis aux prises avec l'abbé et, chez Mirabeau, on respirait un vent de désastre quand on sut que le curé vous avait ramené, saignant, au pays. C'est tout juste si on n'a pas mis le drapeau en berne et qu'on n'a pas cravaté de noir le buste de Marianne à la mairie ! Toute la nuit, Verduraz et ses amis ont rêvé de revanches éclatantes et, d'abord, de traîner en justice leur ennemi. Et voilà que le maire rencontré m'apprend que vous le considérez comme votre sauveur ? Alors, là, mon bon, vous exagérez ! J'ai vu les gendarmes revenir bredouilles et de fort méchante humeur. Vous vous collez beaucoup de monde à dos, ne croyez-vous pas ?

Je lui exposai les événements tels qu'ils s'étaient déroulés aux Egayes et la manière dont s'était terminée mon entrevue matinale avec Verduraz et Mirabeau. Célestin parut s'amuser énormément.

— Excusez-moi mais comme je vous vois là, devant moi, en parfaite santé, j'oublie ce que vous avez risqué pour ne me rappeler que le côté cocasse de l'affaire. Je vous assure que je trouve ceci époustouflant...

Il s'essuya les yeux avec son mouchoir et conclut d'une voix beaucoup plus grave :

— Mais tout cela n'explique pas pour quelles raisons

quelqu'un semble tellement tenir à vous rayer du nombre des vivants ?

Je lui avouai que, de mon côté, je ne comprenais pas davantage. Il se mit de nouveau à rire mais, cette fois, d'une manière plus discrète.

— Ne m'en veuillez pas, mon vieux, mais je ne suis pas certain que vous me livriez le fond de votre pensée... S'il s'agissait d'un fou, il ne s'en prendrait pas exclusivement à vous ? Vous n'êtes pas ici depuis assez longtemps, en dépit de votre charme, pour susciter la fureur rancunière d'un mari jaloux... et, autant que je sache, votre Louise n'avait pas d'amoureux avant que vous ne vous présentiez...

— Parlons clairement ; vous aussi, vous vous imaginez que je ne suis pas venu à Vanargues pour apprendre à lire et à écrire aux enfants du pays ?

— Si, bien sûr... l'Education Nationale n'a pas pour habitude de transformer ses instituteurs en détectives. Non, je crois plus simplement que, sans vous en douter, vous avez mis le nez dans une histoire qui ne vous regardait pas et qu'on vous a trouvé indiscret.

— Parce que dans votre patelin si morne, comme vous dites, il y a quand même des histoires assez graves pour qu'on tente d'éliminer celui ou ceux qui en auraient connaissance ?

— Qui sait ?

J'avais la vague impression que Casseigne souhaitait peut-être bien me faire comprendre quelque chose ? J'insistai.

— Et vous n'avez pas une petite idée sur ces fameuses histoires ?

— Et vous ?

— Cela se pourrait...

— Puis-je demander à quoi vous songez ?

— Au double crime commis ici il y a deux ans. Ai-je tort ?

— Peut-être pas...

Lorsque je me retrouvai seul dans mon école désertée, les sujets de réflexion ne me manquaient pas. A son tour, Casseigne s'installait dans mon lot de suspects. Il savait pas mal de choses. Serait-il mon allié ? Mon adversaire ? M'aiderait-il à démasquer le meurtrier ? Autant de questions auxquelles il m'était impossible de répondre pour le moment. Qui mentait ? Qui disait la vérité ? Je finirais bien par le découvrir un jour ou l'autre... En attendant, dans l'incapacité où je me trouvais de distinguer entre les traîtres et les loyaux, les hypocrites et les sincères, j'allai me coucher en répétant cette admirable maxime de Catherin Bugnard : « Il y a ceux qui disent ce qu'ils pensent comme y pensent, y a ceux qui disent tout l'incontraire, puis y a ceux qui disent suivant le monde qui les écoute. »

Vendredi 6 mai.

Les visites journalières de Louise, beaucoup plus amicale, plus compréhensive depuis que j'avais été voir ses parents, suffisaient à mon bonheur. J'oubliais que quelque part dans Vanargues un individu se demandait comment m'expédier dans un monde meilleur. Je perdais également de vue — quoi qu'il en parût — ma mission ; mon patron ne m'avait pas envoyé à Vanargues pour vivre une pastorale, mais bien pour le mettre en mesure d'exercer les droits sacrés de la vengeance. Quand on est amoureux, on préfère penser à tout autre chose qu'à la mort. De plus, si Louise acceptait de m'aider à fonder un foyer, il n'était pas question que je restasse aux services spéciaux ; je devais demeurer à ses côtés et élever nos enfants en sa compagnie.

Maintenant, pendant que je déjeunais, elle acceptait de converser. Par des questions insidieuses autant que subtiles, je m'étais assuré que mon amie n'avait point de fiancé, ni même d'amoureux. Sa simplicité m'enchantait. J'avais fréquenté trop de malins, de combinards, de salauds, pour n'être pas ravi de fréquenter une jeune fille au cœur simple et propre. Louise me parlait de sa mère envers laquelle elle nourrissait une tendresse profonde doublée d'une admiration sans limite. Elle aimait bien son Firmin de père, mais elle ne paraissait pas le prendre très au sérieux. Au cours de ces entretiens, je poursuivais un double but : amener Louise à comprendre que je l'aimais et tenter d'obtenir des renseignements pour l'affaire qui me préoccupait du point de vue professionnel.

— Je me sens bien, Louise, quand vous êtes là... et vous ?

— Quoi, moi ?

— Vous êtes contente de venir ici ?

— Si ça me plaisait pas, je viendrais pas !

— Quand vous êtes chez vous... il vous arrive de penser à moi ?

— Non.

Elle avait le don de me couper tous mes élans. Je me cramponnais pourtant.

— Eh bien ! moi, sitôt que vous êtes partie, j'ai le cafard...

Elle riait d'un rire idiot, mais que je trouvais charmant.

— En voilà une idée ! Vous aimez pas rester seul, hein ?

— C'est ça, Louise, c'est exactement ça !

Ma voix prenait des inflexions que don Juan n'eut pas reniées. J'essayai de l'apitoyer sur mon état :

— Le soir, assis à cette table... je pense à vous, entre Firmin et Delphine... J'ai le cœur lourd... je me sens tout barbouillé...

Elle m'écoutait, attentive. Si je n'avais craint une réaction susceptible de me priver de ses services, je me serais jeté à ses pieds. Tout à coup, je vis son visage s'éclairer et un sourire très doux jouer sur ses lèvres. Elle comprenait ! Elle avait compris ! Je fermais à demi les yeux pour mieux entendre, pour ne rien perdre de cet instant où une femme, pour la première fois, allait me dire qu'elle répondait à ma tendresse :

— Je vois ce que c'est, monsieur Mérot... Au printemps, on est tous plus ou moins comme ça... vous devriez prendre un dépuratif...

Je l'aurais étranglée.

Mais, Lyonnais, je ne renonçais pas facilement et oubliais ce que recommandait mon maître à penser Catherin Bugnard : « Quand on est amoureux, ça n'a qu'un temps. Quand on est bête, c'est pour toujours. » J'essayai d'une autre tactique pour me glisser dans les bonnes grâces de Louise. Je lui confiai — hypocrite ! — le respect admiratif que m'inspirait sa maman et combien je me la figurais bonne en dépit de son air bourru. Louise m'approuva chaleureusement, me débitant avec la flamme de l'orgueil filial tout un palmarès d'actions charitables qui faisait de Delphine une sainte méconnue. Je la laissai aller son train et, perfidement, sans avoir l'air de rien, je glissai :

— Avec le cœur qu'elle a, qu'est-ce qu'elle a dû avoir comme coup quand elle a vu ses deux clients assassinés ?

Louise s'arrêta pile, me contempla avec des yeux effarés. Je l'avais prise au dépourvu et elle ne songeait pas à cacher son désarroi. Je remarquai :

— Mais peut-être que ce n'est pas elle qui a découvert le double crime ?

— Si...

Sous ma nonchalance affectée, je ne fus plus qu'attention. Les yeux dans le vague, Louise semblait bien loin de moi. Le timbre de sa voix me paraissait changé.

— On n'en parle jamais parce que si ma mère est pas devenue folle, ce jour-là, c'est que le Bon Dieu l'a pas voulu... Elle nous a raconté... Elle s'y rendait tous les matins... Ce matin-là, elle a frappé, on lui a pas répondu. Elle les a crus sortis mais la porte était pas fermée. Elle est entrée et elle les a vus... le secrétaire près de l'entrée... le monsieur écrivain sur son fauteuil... Egorgés tous les deux comme des porcs... Ma mère, c'est une forte, mais tout de même... Quand elle est revenue à la maison, elle était blanche comme un drap de lit... Elle a dû se coucher et pendant cinq jours, on a pas su si sa tête résisterait... C'est pour ça qu'on en parle jamais à la maison...

— La police est venue, naturellement ?

— D'abord les gendarmes, parce que mon père est allé prévenir le maire... et puis des messieurs de Périgueux, je pense... Il y en a un qu'a causé avec ma mère... et puis, ils sont partis et ils sont jamais revenus.

— Et ces pauvres gens qu'on a tués, ils ne recevaient jamais personne ?

— Je crois pas... sauf Mirabeau.

— Mirabeau ?

— Il leur apportait du gibier de temps en temps... et aussi Elise, la servante du *Cheval Blanc*... Elle lavait leur linge...

Je lui aurais de nouveau, bien volontiers, sauté au cou, mais pour l'embrasser cette fois ! Mes soupçons se confirmaient. C'est autour du *Cheval Blanc* et de ses habitués qu'il me fallait chercher l'assassin de Lessoire et de Barconitch... Il importait que j'eusse au plus tôt une conversation avec Elise, moins coriace, sans doute que son patron.

Ce soir, le premier des parents s'est montré, ainsi que me l'avait prédit le maire. J'étais allé promener Epaminondas. Je goûtais fort ces petites escapades à la fin du jour avec mon âne. Nous partions de compagnie le long des chemins, lui s'arrêtant de temps à autre pour croquer un chardon juteux, moi pour cueillir des fleurs champêtres dont je faisais de gros bouquets qui continuaient le printemps dans mon école. Mais je ne me détendais jamais au point de ne pas garder l'oreille aux aguets et je n'oubliais plus d'emporter mon pistolet. C'est en rentrant que j'aperçus le bonhomme. Un vieux à poil blanc adossé au pilier supportant la grille d'entrée. Il s'en est détaché et il a ôté son chapeau. J'ai fait de même entraîné par un réflexe d'éducation. Je n'aurais pas dû, car lorsqu'il a vu que je me découvrais, il a remis son couvre-chef : du moment que je me montrais poli, je n'étais pas à craindre. Sa considération disparaissait avec son incertitude touchant mes réactions. Sans que je l'y invite, il m'a suivi jusqu'à la cuisine et m'a déclaré :

— Je suis le père au Mathieu, et le vôtre, c'est mon petit-fils.

Ça ne commençait pas clairement mais je débordais de bonne volonté. Il s'en rendit vite compte, le vieux scélérat ! Le village — suivant les pronostics de Verduraz — avait dû l'envoyer en éclaireur, à cause de son âge qui le mettait à l'abri des rebuffades. Il parlait lentement, en homme pour qui parler est un plaisir. Il m'apparut assez rapidement que son petit-fils n'était qu'un prétexte et qu'il tenait surtout à connaître mon *curriculum vitae.* Il m'attendrissait un peu et, pour lui être agréable, je lui racontai la fable inventée par le patron pour me doter d'un nouvel état civil. Il m'écoutait sans perdre une syllabe. Quand il craignait de ne plus se rappeler un détail, il n'hésitait pas à me prier de le répéter. Cependant, pour sauver les apparences, je voulus lui parler de son petit-fils. Je lui laissai entendre que l'enfant était un peu en retard et qu'il ne semblait pas mettre beaucoup de bonne volonté à rattraper ledit retard, occupé qu'il était à dormir presque tout le temps. Mais aux premiers mots que je prononçai touchant la déficience intellectuelle de son descendant, le vieux m'interrompit :

— Le Mathieu ? C'est tout le portrait de son père : un brave idiot !

Et il s'en alla sans me saluer.

Mon visiteur disparu, j'installai Epaminondas pour la nuit et repartis dans le crépuscule qui donnait au décor un air irréel. J'avançais dans une solitude parfaite, respirant à pleins poumons l'air encore chargé de toutes les odeurs du jour. Instinctivement, je me dirigeais vers la maison de la Delphine, mais je me repris et changeai de chemin. Je ne devais pas forcer l'allure en ce qui concernait la conquête de Louise. Ses confidences m'avaient permis de faire un grand pas en avant. Je risquais de perdre cet avantage en allant trop vite. J'obliquai donc dans une autre direction et pendant une heure, avançant droit devant moi, je pus me croire isolé du reste du monde.

Sur le chemin du retour, je distinguais déjà le toit de ma maison, lorsque j'eus le sentiment qu'à mon approche, une ombre venait de se jeter dans le fossé. Immédiatement rappelé à la réalité, je sortis mon pistolet et commandai sèchement :

— Montre-toi vite ou je tire !

Il y eut un froissement de branches et puis une voix, qu'il me semblait reconnaître sans en être bien certain, dit :

— Dieu soit loué ! C'est vous...

Mais il fallut qu'il fût près de moi à me toucher pour que je reconnusse Firmin.

— Par exemple ! Eh bien. Qu'est-ce qui vous prend de jouer les fantômes ?

— J'ai cru que c'était le garde..

— Et alors ?

Il tira de la poche arrière de son veston un lapin tout chaud qu'il me présenta.

— Je tenais pas à ce qu'il m'empoigne avec ça sur moi... surtout que c'est un ami du maire et il m'aurait pas raté !

Je rangeai mon arme, amusé.

— Si je comprends bien, on braconne un peu ?

— Je peux pas m'en empêcher...

Je me sentais plein d'indulgence pour celui qui avait fabriqué la Louise et qui serait peut-être un jour le grand-père de mes enfants. J'espérais un peu qu'il m'inviterait à le raccompagner chez lui, mais il brisa mes espoirs en déclarant :

— Faut que je file et que je rentre discrètement, sans ça la Delphine, elle me ferait un beau train. D'ici deux trois jours, quand je l'aurais épiauté et mis à rancir, elle dira que c'est un lapin...

— Elle ne sait pas distinguer, au goût, le garenne du lapin de chou ?

Il cligna des paupières.

— Elle jure que non, mais c'est pour sa conscience... Elle veut pas d'un mari qui braconne, mais elle veut pas non plus se priver du garenne... Elle s'arrange, quoi !

Dans le Midi, on s'arrange toujours.

Soudain, trouant la nuit, les notes d'une marche gaillardement sifflées nous parvinrent. Firmin se figea.

— Vaut mieux que je m'écarte... Allez, à se revoir, monsieur Mérot...

Il s'esquiva avec une discrétion qui surprit le connaisseur que je suis. Le siffleur, qui arrivait dans mon dos, ne tarda pas à se montrer et, tout de suite, je devinai qu'il s'agissait de Casseigne.

— Vous sifflez comme un merle !

— Ce n'est pas que j'aime particulièrement ça, mais ça tient compagnie...

Nous revînmes tous deux côte à côte. Arrivés devant l'école, je dus insister pour le persuader de venir vider un dernier verre à notre commune santé et nous nous installâmes dans la cuisine pour finir la bouteille de Cahors entamée à midi. Les verres remplis, nous trinquâmes, et nous portions les verres à nos lèvres lorsque l'odeur me monta d'un seul coup au nez. Je poussai un cri et Casseigne reposa son verre avant que d'avoir bu, non sans renverser un peu de vin sur sa chemise, ce qui parut le mettre de mauvaise humeur. Il grommela :

— Qu'est-ce qui vous prend ?

— Attendez !

Je passai et repassai mon verre sous mes narines. Pas d'erreur. Je connaissais bien trop cette odeur légère d'amande amère pour me tromper. Une main ennemie avait mis suffisamment de cyanure dans mon vin pour m'expédier *ad patres.* Je fis part de mes convictions à mon hôte qui en pâlit. Il balbutia :

— Vrai... vraiment, vous croyez qu'on a... qu'on a voulu nous tuer ?

— Pardon !... Me tuer... Personne ne pouvait savoir que je vous rencontrerais ?

— Vous allez faire analyser ce vin ?

— Pourquoi ? Je n'ai pas besoin de l'opinion du laboratoire pour renforcer ma certitude...

Casseigne alla jeter le vin dans l'évier, rinça soigneusement les verres et la bouteille, puis revenant à la table :

— Et maintenant, monsieur Mérot, me direz-vous pourquoi on essaie de vous éliminer par tous les moyens ? J'ai pensé à un fou, mais il s'en serait pris à vos prédécesseurs, n'est-ce pas ? Et, depuis que je suis là, je n'ai jamais entendu raconter qu'un instituteur ait eu à se plaindre de sévices particuliers.

— D'où vous concluez ?

— Que vous n'êtes pas un instituteur comme les autres.

— Ce qui signifie ?

— Que vous êtes venu à Vanargues pour autre chose qu'exercer ce paisible métier.

— Et par exemple ?

— Par exemple découvrir qui a assassiné l'écrivain et son secrétaire, il y a deux ans...

A quoi cela aurait-il servi de nier ? Casseigne savait beaucoup de choses et, après tout, il était préférable de jouer franc jeu avec lui. Je m'y décidai.

— D'accord.

Par-dessus la table, il me tendit la main.

— Merci de votre confiance, monsieur Timbal.

— Ah ?... Vous savez ?

— Parbleu ! Deux lettres arrivées à votre vrai nom et qu'il m'a fallu retourner ont éveillé ma curiosité. J'ai téléphoné à l'Académie ; elle ne compte pas d'instituteur nommé Timbal.

— En quoi cela vous intéressait-il, vous, Casseigne ?

— Directement, en rien... Théoriquement, en tout, car le meurtre de ces deux hommes, la manière vraiment désinvolte dont a été menée l'enquête ont excité ma curiosité... On s'ennuie beaucoup à Vanargues, monsieur Mérot, quand on y vit depuis longtemps... Moi aussi, pour le plaisir, enfin disons pour ma satisfaction personnelle, j'aimerais bien savoir qui est le meurtrier.

Nous avons bavardé fort avant dans la nuit et quand Casseigne m'eut quitté, oubliant qu'une fois encore mon mystérieux adversaire avait tenté de me rayer du nombre des vivants, je montai me coucher, le cœur en paix. L'amitié, ou mieux, l'alliance que je venais de sceller avec le receveur des postes augmentait notablement mes chances de succès.

Dimanche, 15 mai.

Après les émotions subies, tant dans mes rapports avec ma Louise qu'avec l'individu s'entêtant à me trucider, je vécus des jours paisibles, mettant en application le sage conseil donné par Catherin Bugnard : « T'énerve donc pas ! Il faut laisser du temps au temps. » Je m'efforçai d'oublier que j'appartenais aux services secrets et me préoccupai seulement de pousser mes avantages auprès de ma bien-aimée, de consolider mon amitié avec Casseigne et de faire de mon mieux mon métier d'instituteur.

A l'usage, je me révélais un bien médiocre pédagogue. Parmi mes garçons, j'avais établi trois groupes. Celui des grands, prêts ou plutôt — afin d'éviter tout malentendu — en âge de se présenter au certificat d'études : le Jules des Terrasses, le Marius de l'Epicière, l'Ernest et le Roger, tous deux du Bourg. Ceux-là — sauf un — étaient de bons gosses, venant à l'école parce qu'on les y envoyait, mais qui jugeaient être parvenus ainsi au bout des efforts qu'on pouvait raisonnablement leur demander. Après des essais infructueux pour leur apprendre quelque chose, je partageai leur conviction et, dès lors, nous nous entendîmes parfaitement. Seul le Jules des Terrasses était intelligent. Il travaillait bien, et sur son compte, il n'y avait pas à se tromper : il passerait son certificat, plus tard son brevet élémentaire, serait reçu à l'Ecole normale et deviendrait un instituteur dévoué croyant dans sa mission et que l'Etat remercierait en le payant à peu près comme un manœuvre non qualifié. Le Jules des Terrasses me donnait, par avance, des remords.

Le groupe des moyens — représenté par le Maurice de chez Esquirolle, le Robert d'A-Côté et le Jean de la Barrette — s'initiait aux mystères des quatre opérations. Le Maurice de chez Esquirolle passait son temps à manger. A n'importe quel moment de la journée, il avait toujours un morceau de quelque chose dans la bouche. Le Robert d'A-Côté, petit bonhomme propret, soigné, était perpétuellement effrayé, point sot d'ailleurs, mais étriqué dans ses gestes comme dans ses efforts. Le Jean de la Barrette représentait l'idiot charmant. Je veux dire qu'il s'affirmait sympathique et un rien dégoûtant. De temps à autre, il imitait le chemin de fer ou le vent dans la forêt. C'était assez gênant pour qui ne s'y attendait point, mais quand on en avait pris l'habitude...

Constituant un troisième et dernier groupe à lui tout seul, le petit Mathieu du Bourg s'endormait régulièrement en s'asseyant à sa table et ne s'éveillait qu'au moment de partir. Certains jours où l'insomnie le tenait éveillé, j'en profitais pour l'obliger à ânonner son abécédaire. Il n'y montrait aucun enthousiasme. Moi non plus. Quant à Titin Lanouègue, dont l'indépendance de caractère ne se fût point accommodé d'un groupe plutôt que d'un autre, il retenait les dates historiques que les grands répétaient ou bien se mêlait aux moyens pour étudier les subtilités de la multiplication, ou bien encore imitait gaillardement le petit Mathieu en piquant un somme réparateur.

Les filles offraient moins de personnalité. La Tine des Trois-Prés, déjà épaisse à quatorze ans, et la Sylvie de la Côte qui louchait de l'œil droit, suivaient le groupe des grands. Aussi bouchées l'une que l'autre. La Maria de l'Autre-Bout et la Marie du Bourg réussissaient déjà fort bien des opérations avec décimales. Elles s'avéraient nettement plus intelligentes que leurs contemporains mâles du groupe des moyens. Enfin, il y avait la Guite, ma Guite... Celle-là, je passai mes meilleurs moments à tenter de lui apprendre à lire. Bien souvent, son petit index rose glissait de la lettre sur l'animal qui la portait — dans son abécédaire — et je devais répondre à d'étranges et difficiles questions touchant les cornes du buffle, la bosse du zèbre ou la ridicule queue de l'éléphant. Guite n'avait pas de père officiel. Elle était née au printemps qui suivit un été fort chaud où les gens accablés se dévêtaient pour un oui, pour un non. Sa maman n'avait pas dû prendre garde, un soir où elle se donnait de l'air, qu'elle n'était pas seule dans le gerbier où elle se reposait. Guite gardait dans ses cheveux la couleur des blés de cette année-là. D'ordinaire, elle se tenait très sage, admirant les bêtes de son livre ou s'appliquant à tracer des bâtons tordus en sortant un bout de langue, pendant que je tentais d'intéresser ses aînés. Cependant, lorsqu'elle s'ennuyait, elle quittait sa place, venait à mon bureau, m'embrassait et il fallait que je la prenne sur les genoux pour qu'elle pût aisément mettre son doigt dans le flacon d'encre rouge.

Ma tendresse pour Louise me contraignait à prendre plus à cœur — sans beaucoup plus de résultats d'ailleurs — mon pseudo-métier et en subir les servitudes, dont les visites journalières des parents n'étaient pas les moindres. Le lendemain de la visite du vieux, elles arrivèrent à deux qui n'attendirent pas que tous les gosses eussent quitté la classe pour me sauter dessus. Elles constituaient la première vague d'assaut. Elles avaient dû se concerter avant de m'aborder, car elles se relayaient si parfaitement que leur conversation n'était qu'un immense monologue où chacune tenait sa partie. Elles ne m'épargnèrent rien. Leur vie entière y passa. Leur progéniture fut le tremplin qui leur permit de sauter du vague des aperçus sur les défauts de l'enfance, aux malheurs accablant les parents. Elles ne me quittèrent point que la nuit ne fût complètement venue.

Encouragées, les mères se présentèrent de plus en plus nombreuses. Elles apparaissaient bien avant l'heure de la sortie de mes élèves pour être certaines de ne pas me laisser échapper. Se tenant à l'écart des femmes, le vieux — mon premier visiteur — attendait obstinément son tour. Pour les éviter, je recourais à toutes sortes de ruses dont la plus simple consistait à gagner la cuisine et à me glisser par la fenêtre de derrière donnant sur un sentier conduisant dans les champs. Hier, j'ai été surpris dans cet exercice par l'abbé Biscarnious qui m'interpella joyeusement :

— Seriez-vous poète au point de mépriser les portes

utilisées par les mortels pour entrer ou sortir de leurs demeures ?

Je lui expliquai brièvement mes ennuis.

— Je les connais, ces emmerdeuses ! Toutes les mêmes ! Si je me laissais faire, il y en aurait toujours une à confesse pour m'apprendre — sans couleur de repentir — quelque saleté commise par un voisin ! Alors, imitez-moi et engueulez-les !

Nous sommes devenus de bons amis, le curé et moi. D'abord, parce qu'il m'est sympathique, ensuite parce que chez Delphine on ne jure que par lui, et tout progrès que je réalise dans la confiance du prêtre avance d'autant mes affaires sentimentales.

Pour échapper à la meute me guettant, je suis parti en compagnie de l'abbé, et les femmes, intimidées, n'ont pas osé intervenir. Je me doutai — tandis que nous nous éloignions de leur troupe médusée — que Verduraz serait bientôt mis au courant de ma trahison affichée de la laïcité. Un seul se permit de nous rattraper : le vieux grand-père qui, depuis notre première rencontre, s'affirmait chaque jour plus audacieux. Il se permit de me taper sur l'épaule :

— M'sieur l'instituteur... J' sais des choses...

L'interrompant l'abbé Biscarnious gronda :

— Fous-nous la paix, Clément, t'as compris ?

L'ancêtre hésita :

— C'est que... c'est des choses...

— D'accord... Eh bien ! garde-les pour toi !

Et nous avons, l'abbé et moi, continué notre chemin, abandonnant le vieux qui, appuyé sur son bâton, sa vieille pèlerine flottant comme un voile autour de son mât, nous regardait nous éloigner.

L'état de délabrement du presbytère indiquait assez l'opinion de la majorité du conseil municipal de Vanargues. Mon ami Biscarnious ne semblait pas souffrir particulièrement de vivre dans une maison dont le toit risquait de lui tomber dessus. Il déclarait que rien ne venait que par la volonté de l'Eternel et qu'il n'avait donc pas à se soucier de son sort immédiat. Cette philosophie lui permettait d'affronter l'événement — quel qu'il fût — d'un front serein.

Pour me marquer sa sympathie, il avait sorti une bouteille de ratafia dont le bouchon moisi attestait une ancienneté respectable, sinon bien conservée. Nous trinquâmes à nos santés respectives, puis l'abbé attaqua :

— Monsieur Mérot, depuis notre rencontre en forêt, intrigué par l'agression dont vous aviez été victime, je me suis un peu renseigné sur votre compte. Je vous le dis tout net, car je n'éprouve aucune honte de cette curiosité relevant d'un intérêt amical. Il paraîtrait qu'il vous est arrivé pas mal d'histoires depuis le peu de temps que vous êtes à Vanargues ?

Je lui contai les différentes attaques dont j'avais été l'objet et terminai par la tentative d'empoisonnement dont j'avais failli être victime en même temps que le receveur des postes.

— Oh ! celui-là !

Au ton et au haussement d'épaules accompagnant la réflexion, il me parut que l'abbé Biscarnious n'aurait pas tellement regretté la disparition de Casseigne.

— Cher monsieur Mérot, je crois bien connaître la plupart de mes paroissiens, même ceux qui ne fréquentent pas mon église et que je considère pourtant comme tels... Franchement, je n'en vois pas un seul susceptible de se muer en assassin !

— Pourtant, il y a deux ans...

— Vous faites allusion au double crime ? Le meurtrier n'était sûrement pas du pays.

— Permettez-moi d'être d'un avis différent.

— A votre tour, cher monsieur, permettez-moi de vous dire : qu'en savez-vous ?

— Le fait même que je sois victime d'agressions incessantes ?

— C'est incroyable ! Mais pour quelles raisons s'en prendrait-on à vous ?

— Peut-être parce que j'ai eu la sottise de laisser entendre qu'il me plairait d'élucider un crime demeuré impuni...

— Dans ce cas, il faudrait effectivement admettre que le meurtrier est de mes ouailles... Vous me voyez désespéré par une telle hypothèse... Monsieur Mérot, avez-vous déjà un soupçon quant à son identité ?

— Pour me montrer tout à fait franc, monsieur le curé, je n'ai presque plus envie de lui courir après.

— Et pourquoi donc ?

— Parce que je suis amoureux.

— Ah ?... Amoureux... pour de vrai ! Enfin, pour le bon motif ?

— Autrement, je ne me permettrais pas de vous en parler.

— Excusez-moi... et l'objet de votre flamme est une fille d'ici ?

— Oui... Il s'agit de Louise.

— Louise ?... La Louise de la Delphine ?

— Exactement.

— Par exemple !... Je la connais bien. Je lui ai fait faire sa première communion... Elle n'est pas très causante... Comment vous y êtes-vous pris ?

— C'est-à-dire que je ne m'y suis pas pris... Je vous ai avoué que j'aimais Louise, mais non pas qu'elle m'aimait.

— Je vois !... Et alors ?

— Alors... rien.

— Vous me surprenez. Je pensais qu'en ville, on se montrait plus hardi. Pourquoi ne lui avez-vous pas dit que vous l'aimez ?

— Parce que j'ai peur qu'elle me rie au nez...

Samedi, 28 mai.

Je jouissais d'une telle tranquillité que j'en arrivais à me demander si je n'avais pas inventé les coups de feu, de matraque, le poison... Il est juste de souligner que, de son côté, le meurtrier de Lessoire et de Barconitch pouvait se figurer que j'avais abandonné la partie. En vérité, j'accepterais volontiers un match nul. Le tueur et moi, on déciderait de s'ignorer et on se ficherait mutuellement la paix. Seulement, le patron ne serait peut-être pas de cet avis, et si je ne dois pas rester dans l'enseignement, je ne tiens pas à me retrouver sur le pavé, les vacances scolaires venues. De gré ou de force, il faudra que je me remette à la tâche, mais il fait si beau, le pays est si joli que, pour l'heure, je ne m'en sens pas le courage. Je n'ai presque plus vu le maire. Nous nous évitons et quand, par hasard, nous nous croisons dans le village, il tourne la tête. Casseigne m'a appris qu'il lui battait froid depuis qu'il a su que nous nous fréquentions. Je n'ai plus remis les pieds au *Cheval Blanc* et je continue à aller boire le ratafia du curé. Tous les dimanches ou presque, je vais chez la Delphine bien que mes affaires avec la Louise n'avancent guère. Je n'ai pas encore osé me risquer à interroger ma bien-aimée sur les sentiments qu'elle pourrait me porter.

Quant à ma classe... je dois reconnaître qu'à l'inverse du Cid — à ma connaissance, le seul général qui, parti à la bataille avec cinq cents hommes y arriva avec trois mille compagnons — je n'étais plus accompagné que de deux ou trois élèves lorsque nous abordâmes l'ultime rampe menant à l'examen du certificat d'études. Au vrai, seul le Jules des Terrasses suivait le train, pourtant bien lent, que je menais, et conservait suffisamment de souffle pour entamer la dernière étape, La Tine des Trois-Prés et la Sylvie de la Côte, épuisées, se révélaient incapables d'aller plus loin. Le Marius de l'Epicière était resté accroché à la réduction des fractions tandis que l'Ernest et le Roger avaient disparu depuis longtemps. La Maria de l'Autre-Bout et la Marie du Bourg ahanaient sans trop de peine sur leur programme, alors que le Maurice de chez Esquirolle continuait à ruminer paisiblement. Je ne m'étais pas donné le ridicule de vouloir retenir l'attention du Jean de la Barette qui, depuis quelques jours, se prenait pour un veau et meuglait de temps à autre, ma foi fort joliment.

Bien que plus âgé que la Guite, Titin Lanouègue demeurait en sa compagnie, mais sa vive intelligence lui permettait des incursions dont il tirait une immense vanité. C'est ainsi que dans notre marche à travers la table de multiplication, il réussit à nous accompagner jusqu'au sept, puis s'effaça. A mon grand étonnement, nous le retrouvâmes lorsque nous abordâmes la soustraction, mais la substitution des nombres décimaux aux nombres entiers nous le fit perdre définitivement. La Guite, quant à elle, cheminait paisiblement le long de son abécédaire, coupant l'ennui du voyage de sommes réparateurs, de babils hermétiques ou d'équilibres aussi risqués qu'antidisciplinaires.

La belle saison mettait d'étranges lueurs dans les yeux d'Epaminondas. Il me semblait que le matin, lors de ma première visite, mon âne appesantissait davantage sa tête sur mon épaule, que ses caresses se voulaient plus insistantes. La mollesse du temps noyait le cœur de mon compagnon. Lui, toujours si aimable, prenait un air absent. La nourriture le tentait moins et il m'arrivait de le surprendre, lorsque je le lâcais dans le pré attenant à l'école, en contemplation devant un chardon qu'il tâtait du bout des lèvres. Visiblement, mon Epaminondas pensait à autre chose qu'à s'emplir la panse. Peut-être, comme moi, sentait-il la tristesse de sa solitude ? Quels désirs lui arrachaient ces énormes soupirs ? Je compris qu'il était amoureux, au cri horrible, désespéré, qu'il poussa un soir en regagnant son écurie. Malgré ces infernales résonances, ce braiement — à travers les épaisseurs incalculables sur lesquelles sont assis les philosophes refusant aux bêtes la faculté d'aimer sentimentalement — éveilla en moi des échos compréhensifs. Nous souffrions, Epaminondas et moi, du même mal.

Les parents des gosses venaient moins nombreux, rebutés par mes fuites qu'ils ne pouvaient empêcher. Un seul s'obstinait : le vieux grand-père. Se sachant incapable de me rattraper, il me criait de loin tandis que je m'esquivais :

— J' sais des choses !...

Encore un qui tenait à me raconter les ragots du village...

Si Epaminondas ne pouvait parler, moi, je le pouvais et, décidé enfin à brûler mes vaisseaux, j'ai attaqué Louise hier soir. Oh ! ce ne fut pas sans de longues hésitations. Louise travaillait et je la regardais, remettant sans cesse le moment de lancer mon assaut ; puis, brusquement, j'eus honte de ma lâcheté et, alors qu'elle passait près de moi, je lui pris la main. Surprise, désemparée même à ce qu'il me sembla, elle s'arrêta. Avant qu'elle ait pu dire un mot, je psalmodiais littéralement son nom :

— Lou...i...se...

Dieu m'est témoin que j'avais mis de si tendres inflexions dans ma voix que toute autre fille eût senti fondre son cœur. Mon aimée ne devait pas être bâtie comme la plupart des personnes de son sexe et je lus dans ses yeux une telle stupéfaction que j'en fus moi-même décontenancé. Apparemment, Louise ne se trouvait pas dans l'état de grâce nécessaire pour entendre une déclaration d'amour. La peau rêche de ses doigts me chatouillait la paume de la main. J'en étais stupidement ému.

— Louise, j'ai quelque chose de grave à vous confier...

— Au sujet de la vaisselle ?

Le duo s'engageait mal et je dus me cramponner pour ne point abandonner tout de suite le combat.

— Mais non, Louise, il ne s'agit pas du tout de la vaisselle ! Je m'en fiche de la vaisselle !

— Et moi qui me donne tant de mal... C'est bien la peine !

Je n'aurais jamais cru qu'il était si difficile de passer des soins du ménage aux variations éthérées de la passion.

— Ecoutez, Louise, laissons la vaisselle... Il y a très longtemps que je veux vous révéler un secret...

— Un secret ? Ça peut pas attendre ?

— Attendre ?

— Dame ! J'ai encore votre lit à faire et deux paires de chaussettes à repriser.

Le prosaïsme des chaussettes me fit rompre l'entretien. Décidément, cette fille était de marbre. Je lâchai sa main et elle retourna à ses occupations, me laissant tout déconfit. Je croyais pourtant avoir bien manigancé mon attaque mais, comme le dit Catherin Bugnard : « Le tout c'est pas d'y faire, c'est d'y penser ; mais le difficile, c'est pas d'y penser, c'est d'y faire. »

C'est ce soir-là qu'en rentrant de me promener avec Epaminondas j'ai trouvé une nouvelle lettre dans ma cuisine.

Ecoute, Timbal, on t'a loupé plusieurs fois, mais on finira par t'avoir. File si tu veux pas qu'il t'arrive malheur. Si dans huit jours t'es pas parti, on va s'occuper de ta Louise, ton tour viendra après.

J'en suis resté sans réaction, écrasé, pendant quelques secondes. S'en prendre à Louise... Les salauds ! Sans plus réfléchir, j'ai fourré le billet dans ma poche et je suis parti en courant vers la ferme de la Delphine.

Ils n'ont d'abord rien compris à ce que je leur racontais. Il a fallu que je leur répète plusieurs fois, et puis que je leur donne des explications quant aux raisons qu'on avait d'exiger mon départ ; de là, j'ai dû reparler du double meurtre. En bref, tout y est passé ; à se demander pourquoi je continuais à jouer l'instituteur, maintenant que tout le pays ou presque allait être au courant. Firmin fumait sa pipe, très détaché. Louise me contemplait, la bouche ouverte, les yeux ronds. Je lui apparaissais sous un jour insoupçonné. Enfin, la Delphine demanda :

— Et pourquoi que ce maudit s'en prendrait à ma Louise ?

— Parce qu'il sait que je l'aime !

Je n'avais pas tellement prêté attention à ce que je répondais et ne pris vraiment conscience de mes paroles qu'en remarquant le visage de mes auditeurs. La mère gronda :

— Et qu'est-ce que ça veut dire ça que vous l'aimez ?

Louise, rouge jusqu'aux cheveux, baissait la tête. Je dus vider mon sac. On m'écouta exposer mes sentiments. Firmin se décida à ôter la pipe de sa bouche pour remarquer :

— Un instituteur !... C'est pas croyable !...

Mais je ne parvins pas à deviner si c'était le fait qu'un maître d'école eût remarqué sa fille qui lui paraissait incroyable, ou bien la manière dont se conduisait ledit maître d'école qui le stupéfiait. Delphine, un peu prise au dépourvu, déclara :

— J'aurais pas pensé... Alors, vous aimez ma petite ?

— Oui.

— Et vous voudriez qu'elle devienne votre femme ?

— Si elle accepte.

Tous, nous nous tournâmes vers Louise. Sa mère l'interrogea :

— T'as entendu ?

— Oui.

— Alors ? Tu l'aimes ou tu l'aimes pas, c't' homme ?

— J' sais pas...

Delphine m'annonça gentiment :

— Y a qu'à attendre... Seulement, la Louise, elle peut plus travailler chez vous, rapport au monde... Ça serait pas convenable. Quand elle sera décidée dans un sens ou dans l'autre, on ira vous dire.

Dépité, furieux, je constatai que si je n'avais pas gagné de fiancée, j'avais perdu ma femme de ménage. Une réussite !...

Je rentrai à l'école, fâché contre la terre entière et plus particulièrement contre le tueur qui menaçait de s'en prendre à Louise. Si je l'avais tenu... Le hasard voulut que je me heurte à Elise rentrant, sans doute, d'un de ses rendez-vous crépusculaires. Je l'empoignai par le bras :

— Il y a longtemps que je désirais vous parler seul à seul !

Elle minauda :

— Je m'en doutais. Tous les célibataires de Vanargues souhaitent m'entretenir seul à seul, comme ils disent...

— Doucement ! Pas d'erreur... Je me fiche de vous comme de ma première chemise, vu ? Mais ce dont je ne me moque pas, c'est qu'on me prenne pour souffre-douleur, vu ?

— Je vous ai rien fait !

— Vous peut-être... mais votre patron ?

— C'est de Mirabeau que vous voulez causer ?

— Tout juste !

— Et alors ?

— Vous direz à Mirabeau que si on touche un seul cheveu de Louise...

— Quelle Louise ?

— Ne vous faites pas plus bête que vous l'êtes, ça suffit bien comme ça ! Que si on touche à un seul cheveu de Louise, moi je fous tout en l'air dans sa baraque, compris ?

— Ça va pas y faire plaisir...

— C'est le cadet de mes soucis !

— Il risque d'en parler au maire ?

— Celui-là, il sera bien inspiré de se tenir tranquille parce que sa mairie aussi, je la fous sens dessus dessous ! Depuis que je suis arrivé dans votre satané patelin, j'ai envie de lui casser la figure à votre Verduraz ! Il ferait aussi bien de ne pas m'énerver !

— Bon Dieu ! mais c'est tout le pays que vous avez l'intention de mettre à feu et à sang ?

— Ça se pourrait !

Ce matin, ils sont arrivés tous les deux, Verduraz et Mirabeau. Le cafetier s'était mis sur son trente et un ; il avait endossé une chemise blanche, ce qui, pour lui, devait s'affirmer assez extraordinaire. Ils se sont présentés alors que, privé de l'aide de Louise, je cuisais mon bifteck. Ils ont refusé de s'asseoir. Tout de suite je me suis montré hargneux :

— Et alors ? Qu'est-ce que vous voulez ?

Le maire s'est raclé la gorge avant de répondre :

— Mon ami Mirabeau n'étant pas des plus habiles

à s'exprimer m'a prié de l'accompagner pour vous réclamer des explications.

— A quel sujet ?

— Au sujet des propos tenus à Elise, la servante du *Cheval Blanc*, hier soir... Propos que vous ne songez pas à nier, j'imagine ?

— Certainement pas !

— Vous avez donc bien fait part à cette fille de votre intention de tout foutre en l'air — ce serait là votre propre expression — dans le café de mon ami Mirabeau et, le cas échéant, d'infliger le même sort à la mairie ?

— C'est exact !

— Puis-je vous rappeler que nous sommes en droit, Mirabeau et moi, de porter plainte contre vos menaces ?

— Faites-le !

— Pas avant de connaître les raisons qui vous ont poussé à vous livrer à de pareils débordements verbaux ?

— Pas des débordements, Verduraz, mais un programme : si vous touchez à un seul cheveu de Louise, je vous démolis l'un et l'autre !

Ils se regardèrent et j'eus la fugitive impression qu'ils se demandaient si je n'étais pas fou. Mirabeau soupira :

— Si j'y comprends quelque chose...

Verduraz ne perdait rien de son sang-froid.

— J'imagine que cette Louise — que vous croyez en péril — est cette jeune personne, protégée de l'abbé Biscarnious, que vous avez prise à votre service ?

— Oui.

— Oserais-je vous prier de me confier, monsieur Mérot, ce qui vous incite à supposer que Mirabeau et moi-même ayons l'intention de causer un préjudice à cette demoiselle ?

A ce moment-là, j'ai été à deux doigts de lui coller mon poing sur le nez tant il m'exaspérait avec sa gueule de faux témoin !

— Parce que vous et votre complice êtes prêts à n'importe quoi pour m'obliger à quitter Vanargues ! Le cafetier qui m'écoutait ressemblait à une carpe jetée sur le bord de l'étang et cherchant sa respiration. Le mouvement de ses lèvres m'indiquait qu'il répétait : moi... moi... moi... et je commençai à m'interroger sérieusement sur la culpabilité de Mirabeau. Pourtant, Hamlein logeait au *Cheval Blanc* et Elise lui servait de courrier...

— Monsieur Mérot, ne dramatisons pas, s'il vous plaît ? Je tiens à ce que vous partiez parce que j'estime que vous n'êtes pas un bon maître, mais rassurez-vous, j'ai l'intention d'obtenir votre départ par des moyens légaux et je ne vois vraiment pas le rôle pédagogique de cette Louise...

J'approchai du visage du maire une figure menaçante :

— Et si on jouait cartes sur table, Verduraz ?

— Je vous trouve un peu familier, non ?

— La familiarité est de mise entre gens du même métier...

— Pardon ? Du même... Je n'ai jamais enseigné, que je sache ?

— Oh ! finissons-en !... Vous voulez que je m'en aille, vous et Mirabeau, parce que vous ne tenez pas à ce que je découvre l'assassin de Barconitch et de Lessoire !

— En voilà une autre !

Le cafetier cria :

— Vous êtes instituteur ou flic ?

— Ça ne vous regarde pas !

Verduraz tendit une main apaisante.

— Et si nous nous expliquions tranquillement, monsieur Mérot ? Qu'est-ce qui vous pousse à croire que le meurtrier de ces deux malheureux réside à Vanargues ?

— S'il n'y réside pas, voulez-vous me dire qui me tire dessus quand je visite la maison du crime, qui m'assomme lorsque je me rends aux Egayes, qui empoisonne ma bouteille de vin, qui m'écrit des lettres anonymes me menaçant de s'en prendre à celle que j'aime ?

— Parce que vous aimez cette Louise ?

— Si on vous le demande...

— Comme vous voudrez... Mais en admettant que vous ne soyez pas victime de votre imagination, pourquoi estimez-vous que le brave Mirabeau et moi-même sommes à l'origine de ces tentatives pour vous envoyer dans un monde meilleur ?

— J'ai mes raisons, soyez-en persuadé !

— Et vous tenez à les garder secrètes ?

— Jusqu'au moment où je les crierai sur la place publique !

— Je sais que vous n'aimez pas les conseils, monsieur Mérot, mais, tout de même, laissez-moi vous dire que vous agiriez sagement en réfléchissant avant d'agir. Vous venez, Mirabeau ?

Le cafetier paraissait ne pas suivre du tout la conversation.

— Alors, il s'excuse pas ?

— Ce sera pour plus tard.

— Je comprends rien à tout ce micmac ! Mais vous, l'instituteur, je vous préviens : amusez-vous seulement à venir faire du scandale chez moi et aussi vrai que je suis là, je vous flanque un coup de fusil !

Je ricanai :

— C'est une habitude ?

Lundi, 6 juin.

Je reprends ce journal pour consigner les différents événements qui se sont succédé durant ces derniers jours et qui ont connu leur feu d'artifice, leur bouquet, hier, fête de la Pentecôte et de Vanargues.

Je recevais beaucoup, à croire que si je m'occupais peu des autres, les autres s'occupaient beaucoup de moi. C'est ainsi que, fort discrètement, l'abbé Biscarnious s'est montré chez moi. Les gosses s'apprêtaient à partir. D'un geste, il les a immobilisés. J'enviais son autorité. Il leur fit les recommandations qu'un prêtre pouvait adresser à une jeune troupe turbulente. Ils partirent d'un même élan quand il les congédia d'un claquement des doigts, le saluant et oubliant de me saluer. Seule, ma Guite se tourna vers moi et m'envoya un baiser. Les quelques parents qui me guettaient n'osèrent pas s'approcher. Le curé, appuyant sa main sur mon épaule, se dirigea vers eux.

— Rentrez chez vous, mes bonnes gens... J'ai à parler sérieusement à M. Mérot. Il n'a pas le temps de vous écouter. De toute façon, ce que vous avez à lui dire peut bien attendre, pas vrai ?

Ils s'éloignèrent à regret. Seul, le vieux, toujours le même, ne bougea pas.

— T'as entendu ce que j'ai dit, Clément ?

— Ouais... mais j'ai à causer au maître...

— Tu reviendras !

— C'est que... ça pourrait presser...

— Je te connais, vieux Chinois, y a pas plus menteur que toi. Retourne donc chez le fils et tâche de lui mettre un peu de plomb dans la tête.

— Ça... c'est pas possible... Il est trop bête... Il tient de sa mère... Y avait pas plus gourde que mon Eugénie, mais brave comme tout... Pour le maître, je pourrais y raconter...

— Demain, je t'ai dit !

Et, sans plus de façon, l'abbé Biscarnious tourna le dos au vieux et m'entraînant, me poussa dans ma propre cuisine qui, peu à peu, devenait « le salon où l'on cause » de Vanargues.

— Une goutte de vin, monsieur l'abbé ?

— Vous pourrez aller jusqu'au verre... Le vin est une des plus belles créations de Notre Seigneur... D'ailleurs, il n'a rien trouvé de mieux à offrir à Noé que la vigne pour le dédommager d'avoir passé quarante jours et quarante nuits dans, sur et sous l'élément liquide...

Je débouchai une bouteille de Pécharmant. Mon hôte en but avec un plaisir évident, claquant la langue :

— Fameux... Il a de l'étoffe et de la charpente... Son bouquet est d'une finesse !... Quelle autre preuve de l'existence de Dieu peut-on souhaiter ? Et comment ose-t-on nier que la France soit la chérie du ciel quand on songe à tous les vins qu'elle produit ?

Et, sans changer de ton, l'abbé ajouta :

— Je viens de chez la Delphine...

Je m'arrêtai de respirer.

— Il paraît que vous y avez fait sensation en déclarant tout de go votre flamme ?

— Mauvaise sensation, sans doute ?

— Au contraire ! On a été surtout surpris... mais ce qui turlupine essentiellement Delphine et son Firmin, c'est votre avenir...

— Mon avenir ?

— Au cas où il se confondrait avec celui de leur fille. Mon cher monsieur, il faut comprendre que nos paysans ne sont pas gens à se contenter de nuées et de songes. Ils veulent du solide. Heureusement, d'après ce que j'ai cru comprendre, un gendre fonctionnaire ne leur déplairait pas... un monsieur, vous comprenez ? En bref, un instituteur pourrait obtenir la main de Louise... Voilà ce que j'étais chargé de vous rapporter. J'espère que vous êtes content ?

Je n'ai pas fermé l'œil de la nuit après la visite du prêtre. Il me fallait décider : ou perdre Louise, ou faire carrière dans ce métier pour lequel je ne me sentais plus tellement doué. La tendresse ressentie pour la fille de Delphine estompait les difficultés auxquelles je me heurterais dans une profession poursuivie sans passion. Mais j'aimais et, dans ma solitude, mon amour se nourrissant de lui-même m'apparaissait suffisamment vaste, suffisamment fort pour tout mériter. Toutefois, rester instituteur supposait une réconciliation avec Verduraz et donc avec Mirabeau. Cette réconciliation impliquait que je renonce à poursuivre ma tâche d'agent secret et que je ne me soucie plus du meurtrier de Lessoire et de Barconitch. Mon bon sens lyonnais me chuchotait qu'un amour exigeant au départ une trahison et un reniement commençait sous de bien tristes auspices. Cependant, je ne pouvais accepter l'idée de perdre Louise ; j'écrirais donc au patron de ne plus compter sur moi. Pour assurer cet avenir dont Louise était le prix, je devais me résigner à une démarche humiliante, mais indispensable : présenter mes excuses à Verduraz et lui laisser entendre que je ne me préoccupais plus du double crime ; ainsi, j'assurerais ma tranquillité d'aujourd'hui et ma quiétude de demain.

Le maire me reçut dans son bureau de la mairie où le garde champêtre m'introduisit. A mon entrée, Verduraz ne se leva pas et ne me tendit pas la main.

— Après notre dernière entrevue, votre visite me surprend, monsieur Mérot...

La gorge un peu serrée, je parvins à articuler :

— Je suis venu vous prier d'accepter mes excuses.

— Ah ?... Dois-je comprendre que vous ne me tenez plus pour un assassin ?

— La question m'indiffère.

— Ah ?... Vous admettrez que ce changement subit d'attitude...

— Je m'en rends parfaitement compte, monsieur le maire... Je souhaiterais rester instituteur... à Vanargues, si possible.

— A cause de cette Louise ?

— Oui.

J'eus le sentiment qu'il me regardait avec un peu de pitié.

— Excusez-moi, mais je vous imaginais d'une autre

trempe... Enfin, qu'est-ce que vous désirez de moi, au juste ?

— Que vous me disiez si, à défaut de votre appui, je puis au moins compter sur votre neutralité ?

Il tapota la table de sa règle avant de répondre :

— Je ne vous dissimulerai pas, monsieur Mérot, que votre mariage avec une protégée de l'abbé n'est pas pour me plaire, mais pour sectaire que je sois, je me défends d'être un bourreau. Si vous aimez cette jeune fille et qu'elle vous aime, je ne me sens pas le droit de m'opposer à ce que vous considérez comme votre bonheur. Toutefois, je voudrais votre promesse de ne pas transformer notre école laïque en une seconde cure ?

— Je puis vous l'assurer.

— Autre chose. Il ne me semblait pas que vous eussiez le feu sacré de l'enseignement ?

— Je l'ai désormais.

— D'après ce que je me suis laissé dire, les parents des enfants qui ne sont pas sous la coupe de l'abbé Biscarnious n'apprécient pas tellement votre pédagogie ?

— Je ferai en sorte qu'ils en jugent différemment à l'avenir.

Verduraz hocha la tête.

— Je me doute, monsieur, de ce que vous coûte, cette démarche et, par-là, je puis juger de la force de votre tendresse... Je m'en voudrais de vous refuser un coup d'épaule... Organisez donc une bonne petite fête laïque pour le 5 juin dans l'après-midi. Nous abandonnons la matinée au curé, nous nous réservons l'après-midi. Si vous savez vous débrouiller, vous pourrez retrouver la confiance de mes amis.

Lorsque je pris congé du maire, il évita de nouveau

de me tendre la main et l'affront m'empourpra jusqu'aux oreilles. Ah ! Louise, te douteras-tu jamais de ce que j'aurai subi pour te gagner ?

En quittant la mairie, je me rendis au bureau de poste où Casseigne, en l'absence de client, mettait ses paperasses à jour. Je lui fis part et de mes résolutions nouvelles et de mon entrevue avec Verduraz. Il m'écouta attentivement et, à ma grande surprise, ne marqua pas l'approbation que j'attendais. Un peu embarrassé, je concluais :

— Vous n'avez pas l'air emballé ?

— Dans un sens, si. Cependant, je suis un peu déçu... Vous m'effrayiez, mais je vous admirais...

— Oh ! l'admiration... N'exagérons rien, je vous prie !

— Si, si... Je jugeais que vous ne ressembliez pas aux autres...

— Et vous êtes fâche de constater qu'il n'en est pas ainsi ?

— Oui... Enfin, je souhaite de tout cœur que vous réussissiez dans vos projets.

Cela manquait tellement de conviction que je ne crus pas nécessaire de le remercier.

— Je n'ai pas vos capacités, bien sûr, monsieur Mérot, mais si vous n'y voyez pas d'inconvénient, je reprendrai l'enquête à votre place...

Je me forçai à prendre un ton détaché :

— A un de ces soirs !

— C'est-à-dire que ces temps-ci, je risque d'être très pris par mes états à mettre au net.

Cette fois, c'est moi qui ne lui ai pas tendu la main de crainte qu'il ne me la refusât.

Je suis de caractère opiniâtre, et cette espèce de

coalition se dressant contre Louise et moi me poussait bien davantage à m'entêter dans mon projet plutôt qu'à y renoncer. Je me persuadai qu'il est juste de payer très cher son bonheur et qu'il se révèle d'autant plus solide que le prix en a été plus élevé. Rentré chez moi, j'ai ouvert mes livres et j'ai préparé sérieusement ma classe du lendemain. Je voulais devenir un bon maître...

Le temps me manquait pour mettre sur pied une séance récréative de quelque importance. Parant au plus pressé, je résolus d'orner la salle de classe et de procéder à une petite distribution de cadeaux aux gosses. J'obtins un léger crédit de Verduraz en lui annonçant que l'abbé Biscarnious se proposait de se substituer à la mairie si celle-ci me refusait son aide. Après avoir flétri ces tentatives de propagande cafarde, le maire convainquit le conseil municipal de m'accorder cinquante nouveaux francs avec lesquels j'achetais boîtes de crayons de couleurs et différentes pièces de la panoplie du parfait écolier.

Je pus, par contre, compter tout de suite sur l'appui des enfants. Nous nous mîmes d'accord sur les chansons qu'ils connaissaient et qu'ils chanteraient en chœur. J'eus beaucoup de mal à discipliner leurs élans qui poussaient les uns à s'en aller subitement vagabonder sur les hauteurs de la gamme tandis que les autres changeaient, non moins brusquement, de ton sous prétexte que « ça leur disait ». Je ne pus jamais obtenir de Titin Lanouègue qu'il chantât autre chose que *la Marseillaise* dont il mêlait obstinément les mâles accents à toutes les pastorales bêlées par ses condisciples.

Mon apport personnel tenait dans une sorte d'élégie

dont j'avais posé les paroles sur les notes d'*Auprès de ma blonde* que tous les petits — y compris Titin — connaissaient bien. Je parlai de Vanargues, de son climat, de ses collines, de ses eaux courantes, de bergers et bergères naturellement, et, ne reculant devant aucune difficulté, je faisais alterner, en réponses subtiles et nuancées, le chœur des pastouraux et celui des pastourelles.

Avant de se produire tous ensemble, les éléments les plus marquants de la classe se montreraient dans des numéros personnels. Le Jules des Terrasses réciterait le *Sonnet à Hélène* (en hommage anonyme à Louise et comme un conseil donné publiquement), la Maria de l'Autre-Bout dirait *Le Loup et l'Agneau*, la Marie du Bourg devant détailler *Le Corbeau et le Renard* et je comptais triompher avec ma Guite qui gazouillerait *La Guenon, le Singe et la Noix* que sa mère s'était chargée de lui apprendre.

On tendit des guirlandes de feuillages et on disposa un peu partout des bouquets de fleurs des champs. La veille de la cérémonie, les élèves m'avaient aidé à transporter leurs tables d'écoliers dans l'écurie d'Epaminondas dont on avait également orné la crèche de quelques feuillages afin qu'il participât symboliquement à notre fête et ne ressentît point l'amère déception d'être abandonné.

Tout Vanargues s'entassa dans la salle et sur ses abords immédiats. Verduraz occupait le premier rang avec sa femme et ces messieurs du conseil municipal accompagnés de leurs dames. Mirabeau portait une chemise jaune d'or. Pour éviter une promiscuité dangereuse, l'abbé Biscarnious avait accepté de se tenir au fond de la pièce. Firmin, Delphine et Louise constituaient un îlot placé juste au milieu de l'assistance afin que je puisse le voir sous tous les angles.

Les choses commencèrent de la plus jolie façon du monde, gamins et gamines remportant un franc succès dans leurs récitations, mais la palme revint à ma Guite qui émut l'auditoire. Le maire et le curé mélangèrent leurs applaudissements. Puis, ce fut le tour de la chorale et, enfin, mes élèves entamèrent mon élégie avec laquelle j'espérais conquérir toutes les sympathies. Le premier couplet passa bien. On abordait le second quand Titin Lanouègue, repris par son humeur anarchique, entonna *la Marseillaise* et dérégla l'ensemble. En dépit de mes efforts pour éviter le désastre, les chanteurs perdirent pied, les uns après les autres, et bientôt la Marie du Bourg — la plus jolie voix de l'ensemble — fut contrainte de chanter en solo. J'étais humilié et furieux. Dans la salle, on riait franchement. Alors, brusquement, sans doute pour rattraper sa compagnie en déroute, Marie eut l'idée saugrenue — mais qu'elle crut géniale — de lancer à pleine gorge les premières paroles du cantique que le curé leur serinait depuis des mois. Se retrouvant dans un climat familier, les gosses foncèrent et jamais, je pense — depuis la séparation de l'église et de l'Etat — classe républicaine ne retentit d'en ferveur religieuse aux si rudes accents. C'était là le dernier coup du sort. D'abord ahuri, le maire hésita puis, blanc de rage, croyant à un coup monté, il se leva et se retira, suivi de tout le conseil municipal, non sans m'avoir jeté au passage :

— Vous m'avez possédé, monsieur Mérot, mais j'aurai ma revanche !

Devenu maître des lieux, l'abbé Biscarnious, heureux de ce triomphe où il distinguait le doigt de Dieu, mêla sa voix de basse au chœur de ses jeunes ouailles. Il ne manquait plus qu'une bénédiction générale que le curé, montant sur l'estrade, se fit une joie de donner.

Le désastre s'affirmait total. Mes espérances pédagogiques coulaient corps et biens au chant d'un cantique d'actions de grâces par lequel l'abbé Biscarnious remerciait l'Eternel d'avoir amené la confusion des impies.

Lundi, 13 juin.

Il y a maintenant huit jours que le drame a eu lieu, car c'est bien d'un drame qu'il s'est agi. Ne reculant devant aucune humiliation, j'envisageai d'aller expliquer à Verduraz que j'avais été la victime de la fatalité et de l'imagination d'une gamine affolée, mais il ne m'eût pas cru. Pour lui comme pour ses amis, trahissant la cause de l'enseignement laïc, je les avais attirés dans un guet-apens où ils devaient perdre la face. L'abbé Biscarnious, la fièvre d'un triomphe inattendu un peu calmée, n'osait pas venir me consoler, bien qu'il fût au courant de ma disgrâce, sujet de toutes les conversations de Vanargues. La situation, en ce qui me concernait, ma paraissait définitivement réglée. Je jugeais inutile de me lamenter à perdre haleine ou de répandre des larmes stériles car, ainsi que le prédit Catherin Bugnard : « Pleure tant que tu voudras, tu finiras par te moucher. »

Je commençai donc par me moucher et, devant l'inévitable, je redevins moi-même, je veux dire le bon « gone » lyonnais qui n'entend pas se manger les sangs pour rien et n'est pas du tout porté à se laisser faire sans regimber. Qu'il eût tort ou qu'il eût raison — là n'était plus la question — Verduraz voulait ma peau en tant qu'instituteur de Vanargues. Je devais donc m'attendre à ce qu'il me mijote un coup fourré de derrière les fagots. Or, que pouvait-il manigancer, sinon une plainte à l'Académie, à Périgueux ? Celle-ci m'adresserait un inspecteur hargneux qui, à la fin de son inspection, me collerait une de ces notes attirant l'attention en haut lieu. A moi de m'y prendre de telle façon que les plus intelligents de mes gosses répondent de façon à embêter l'inspecteur. Je me mis à l'ouvrage et fis suer sang et eau au plus habile de mes garçons, le Jules des Terrasses, et aux moins sottes de mes filles. Puisque la bataille se révélait inéluctable, autant la préparer et c'est pourquoi, depuis huit jours, je ne mis pas, pour ainsi dire le nez dehors, gardant mes champions après la classe pour leur enfourner de gré ou de force ce savoir qu'il leur incomberait de régurgiter devant l'inspecteur.

D'autre part, en rompant notre accord tacite, le maire me délivrait des engagements pris envers moi-même touchant la mort violente de Lessoire et de Barconitch. Dès l'instant où l'on voulait me chasser de l'école, on me renvoyait aux services secrets et le seul atout qui me restait puur ne perdre ni ma place, ni Louise, c'était de prouver la culpabilité de Verduraz dans les deux meurtres sur lesquels mon patron souhaitait la lumière.

Ce matin, un peu avant midi, l'abbé Biscarnious m'a rendu visite. Nous ne nous étions pas rencontrés depuis la séance récréative de catastrophique mémoire, du moins en ce qui me concerne. Le curé regarda sortir les enfants que sa présence médusait toujours un peu, sauf Titin Lanouègue qui, buvant chez lui le lait d'une laïcité farouche, ne redoutait point le prêtre, malgré les corrections déjà reçues pour le rappeler au respect. L'abbé Biscarnious suivit le gamin des yeux jusqu'à ce qu'il eût disparu derrière le mur de clôture, puis soupira :

— Méfiez-vous de celui-là, monsieur Mérot...

— Me méfier de Titin ? C'est le seul qui soit vraiment intelligent...

— Justement.

— Vous voudriez que je le tienne à l'écart parce qu'il est intelligent ?

— Non... parce qu'il est assez éveillé pour comprendre tous les mauvais conseils qu'on lui donne et trop jeune pour en deviner la méchanceté... N'oubliez pas que c'est lui qui a tout fichu en l'air l'autre jour ?

— Sans y réfléchir !

— Je souhaite que vous ne vous trompiez pas... Mais celui qui n'a pas réfléchi à la portée de ses actes, c'est moi, et si je suis ici en ce moment, c'est pour vous en demander pardon... Non, non, ne protestez pas ! J'ai sauté sur l'occasion offerte de remporter une victoire inespérée sur mon vieil adversaire Verduraz, et je me suis laissé emporter par mon humeur batailleuse sans penser aux conséquences... pour vous. Depuis, j'ai appris que le maire et sa bande se promettaient de vous éloigner de Vanargues et je me doute que cela n'arrange guère vos affaires...

— Surtout à cause de... de Louise...

— A ce sujet, mon bon et cher ami, je suis autorisé à vous apprendre qu'on a été enthousiasmé par les circonstances de votre déroute. Ces bonnes âmes sont persuadées que vous avez agi en pleine connaissance de cause, à seule fin de m'être agréable et, par la même occasion, de faire la cour à Louise. Je n'ai pas voulu les détromper.

— Je vous en remercie.

— En bref, mon bon ami, vos affaires de cœur vont aussi bien bien possible. D'ailleurs, pour preuve de ce que j'avance, je vous apporte une invitation en bonne et due forme à venir partager le dîner de celle qui sera peut-être votre fiancée un jour. Vous êtes d'accord ?

— Et comment !

La classe de cet après-midi a été une véritable églogue champêtre. L'euphorie dans laquelle je baignais m'inclinait à tout trouver aimable, y compris les inventions saugrenues du Jean de la Barrette qui, abandonnant les bovidés, se jeta dans les canides atteignant presque du premier coup à une sorte de perfection dans ses aboiements. Je permis à la Guite de venir s'asseoir sur mes genoux pendant la plus grande partie de la classe. J'avais entrouvert la fenêtre proche de mon bureau pour permettre aux champs et aux bois d'envoyer des odeurs qui nous donnaient des envies de galoper. Au raclement de leurs galoches sur le plancher, je devinais que mes gosses résistaient difficilement à ce besoin de courir dans le vent qui les agitait. Je les regardais, complice. Les plus grands ahanaient sur une histoire de voyageurs partis à la rencontre les uns des autres en empruntant malignement des chemins opposés — ce qui n'est une façon de se rejoindre que dans le monde impondérable de la mathématique ; Titin Lanouègue, en dépit d'expériences que l'échec ne rebutait pas, essayait de se prouver que le calibre de son pouce était inférieur à celui de l'encrier. La Guite, suçant son médius, somnolait, perdue dans un rêve de bonbons, de gâteaux et de poupées. C'est alors que j'aperçus le hanneton.

Par la fenêtre entrebâillée, le hanneton entra dans la salle d'un élan aveugle qui le porta, d'un coup, sur mon bureau. D'abord, il me parut contrefaire le mort, caressé par un rayon de soleil qui mettait des reflets d'or sur sa carapace. Soudain, ayant traîtreusement récupéré une énergie nouvelle, il s'envola avec un vrombissement puissant, entraînant dans son sillage les regards de tous mes gosses. La Guite, arrachée à ses rêveries sucrées, arrondit sa bouche, extasiée. Titin en oublia de remettre — pour une nouvelle tentative — son pouce dans l'encrier mais, captivé par les évolutions de la bestiole, il le fourra tout entier sous sa langue, ce qui eut pour effet immédiat de donner naissance à chaque commissure de ses lèvres, à une rigole noire séparant nettement le menton de la joue. La Tine des Trois-Prés, une émotive, se rongea éperdument les ongles quand l'insecte s'approcha de la fenêtre ; elle crut à un départ définitif. Le Marius de l'Epicière se mit à brouter le bois de son porte-plume. La Sylvie de la Côte, abandonnant le problème où les voyageurs se cherchaient sans nul souci de la logique, rougit sans savoir pourquoi. Le Maurice de chez Esquirolle s'arrêta de ruminer pour écouter de mystérieuses rumeurs. On eût dit qu'une main invisible venait de retirer le manteau sous lequel mes élèves étouffaient. Le sentiment de mes responsabilités magistrales (aiguillonnées par les menaces du maire) me poussa à regretter d'avoir épargné cet insecte nuisible au moment où le hanneton se laissa choir sur le cahier où, obstiné dans la recherche de l'impossible, le Jules des Terrasses s'acharnait à suivre les voyageurs lancés dans une poursuite incohérente. Du coup, le plus studieux de mes disciples abandonna ces pèlerins à leurs stupides initiatives pour admirer les évolutions de notre visiteur que la Guite tentait d'attraper en grimpant sur mon bureau ! Les choses se gâtaient et tournaient à l'anarchie. J'empoignai ma Guite et la remis sur son banc et pour ressaisir l'attention de la classe, je frappai deux coups de ma règle. On me regarda pour voir quelle mouche me piquait, puis on se remit à suivre paisiblement les aventures aériennes du hanneton qui, insolemment, se posa sur le bout de la règle que je brandissais d'une main romaine ! Je vis rouge et je levai un poing « homicide » sur la bestiole occupée à se frotter les pattes lorsque mon regard rencontra celui, implorant, de la Guite qui, la figure révulsée, les yeux déjà pleins de larmes, guettait mon geste criminel. Jamais je n'aurais le courage de faire pleurer ma Guite et le hanneton put reprendre sa promenade antidisciplinaire sans savoir qu'il avait été sauvé par l'âme sensible de ma préférée. Heureusement, au moment où je désespérais de rattraper mon prestige, l'ombre de quelque universitaire s'ennuyant au Paradis et à qui mes angoisses pédagogiques devaient être sympathiques, s'arrangea pour que la pendule se mît à sonner avec au moins dix minutes d'avance. Ainsi je pus, sans rien perdre de ma dignité, ouvrant toute grande la porte, libérer d'un claquement de doigts ma classe, le hanneton et le printemps.

Mardi, 14 juin.

Pourtant, la soirée d'hier avait bien commencé. Sur les sept heures, je m'étais rendu d'un pied léger chez la Delphine. On avait revêtu les habits du dimanche pour m'honorer et Louise accéléra mon rythme cardiaque en affectant le maintien modeste et gêné d'une jeune fille à laquelle son fiancé rend visite sous l'œil vigilant des parents. Pendant tout le repas, je m'efforçai d'être brillant tout en restant au niveau des préoccupations de mes hôtes. Je ne me risquai pas dans l'esprit et me contentai de bonnes vieilles histoires depuis longtemps éprouvées. Sur l'insistance de Delphine, je me promenai dans mon passé — mais un passé que je truquai du mieux que je pus — et je galopai dans l'avenir. Il me parut qu'on était content de moi et même le silencieux Firmin se dérida à plusieurs reprises. Naturellement, je ne me permis pas la moindre allusion à mes sentiments envers Louise. Les parents au courant m'en parleraient le moment venu, s'ils le jugeaient utile.

A la campagne, on ne prolonge guère les veillées car le travail commande. Vers dix heures, Firmin se leva, me souhaita le bonsoir — initiative qu'il n'avait encore jamais prise depuis que nous nous connaissions — et s'en fut se coucher. La Delphine me serra affectueusement la main et permit à Louise de m'accompagner un bout de chemin avec la lanterne. Je vis là une marque de sympathie, une sorte de prologue à une promesse qui ne pouvait me tromper sur les intentions profondes de mes amis. Ils me considéraient déjà un peu comme le futur gendre.

Nous allions côte à côte, Louise et moi, et, sous prétexte d'assurer sa marche ou la mienne, je tentai de lui prendre le bras mais elle se dégagea sans brusquerie. Il ne fallait pas que je prenne mes désirs pour des réalités. Je l'entendais respirer près de moi et son grand souffle égal, profond, m'inclinait à songer à une grande bête forte et calme. Peut-être pas très poétique, mais combien rassurant !

— J'ai passé une excellente soirée, Louise...

— Tant mieux.

— J'aimerais en passer beaucoup d'autres comme celle-là !

— Ah ?

Il me parut que sa respiration s'accélérait. L'aurais-je, enfin, troublée ? Je me jetai à corps perdu dans l'improvisation. Je lui dis mon amour. Je le lui chantai sur le mode lyrique, puis sur le mode dramatique. Je lui jurai que l'existence sans elle ne me semblait pas valoir la peine d'être vécue. Je lui fis serment que si elle m'acceptait pour mari, je consacrerais jusqu'à la dernière parcelle de mes forces à la rendre heureuse. Je n'ai jamais été très porté sur les discours et mon imagination n'est pas tellement brillante, mais je me rassurai en me persuadant que si je me servais d'images éculées, elles avaient sûrement pour Louise, la fraîcheur de la nouveauté. Je me montrai pathétique, tendre, désespéré. Elle ne pipait mot. Et quand, à bout de souffle et d'inspiration, je m'arrêtai, j'attendis vainement une réponse qui n'arrivait pas. Louise devait être plongée dans l'abîme de réflexions ouvert sous ses pas par ma harangue brûlante. Elle pensait vraisemblablement à ce tableau idyllique de la vie conjugale brossé par mes soins. J'eus l'intuition que je venais de porter un coup décisif aux dernières défenses de ma farouche aimée. Je lui saisis la main. Elle ne la retira pas et je compris que j'avais enfin gagné la partie. Fraternel, aimant, compréhensif devant ce trouble qui m'émouvait, je m'enquis :

— Louise... à quoi pensez-vous ?

— A notre Noiraude.

Cette fille possédait indiscutablement le don de me faire tomber de haut. Il y eut plus d'irritation que je ne le désirais dans ma voix :

— Qu'est-ce que c'est que ça, Noiraude ?

— Notre vache bretonne, tiens !

— Et alors ?

— J' sais pas si elle va pas avoir son veau cette nuit...

Si je n'ai pas juré en entendant la réponse de la Louise, c'est que j'ai craint de la scandaliser. Je l'ai laissée rejoindre sa vache et je suis rentré, seul. Je me demandais pour quelles raisons la jeune fille adoptait cette attitude d'indifférence poussée jusqu'à des limites difficilement supportables ? Répugnant à y découvrir une marque d'hostilité, je me dis qu'après tout Louise affirmait d'une timidité telle qu'elle s'embarquait sur n'importe quel chemin pour n'avoir pas à montrer ses sentiments vrais. Cette explication me consolait et, pour me rassurer davantage, je me souvenais du précepte de Catherin Bugnard : « Vois-tu, gone, ça qu'on dit et ça qu'on pense, ça qu'on pense et ça qu'on dit, bien des fois y a que c'est juste l'incontraire. » Nous sommes ainsi fabriqués, nous autre hommes, que nous nous apaisons aussi vite que nous nous alarmons, et souvent pour les mêmes motifs. En ouvrant la porte de la cuisine, j'étais de nouveau le plus heureux et décidé à partager ma satisfaction avec mon seul copain : Epaminondas.

Pour ne pas m'étaler sur le sol du jardin, je dus prendre ma lampe à pétrole et, brandissant ma lumière dans cette nuit de juin tiède et parfumée, je symbolisais assez bien le maître d'école s'efforçant d'éclairer les ténèbres environnantes. Verduraz en eût été satisfait. L'odeur d'Epaminondas me sauta à la figure lorsque j'ouvris la porte de son écurie. Mon âne me reçut fort bien et l'amabilité de son accueil augmenta ma joie. Bien que couché, il se leva courtoisement à mon entrée. Jamais je n'aurais cru qu'un âne pût se montrer aussi compréhensif. Du premier moment, nous nous étions compris et aimés. Nos tendresses respectives effaçaient les degrés nous séparant sur l'échelle sociale. Il m'arrivait de lui parler comme à un égal et je le jugeai plus intelligent que Verduraz à qui il montrait les dents quand, d'aventure, nous nous croisions. Au contraire, il affectait une démarche pleine d'onction lorsque nous rencontrions l'abbé Biscarnious. Après avoir confié à l'oreille de mon ami que mes espérances matrimoniales prenaient excellente tournure, je lui souhaitai une bonne nuit, l'embrassai sur le museau et sortis en brandissant toujours ma lampe à pétrole. Je n'avais pas couvert dix mètres qu'un coup de feu troua la nuit. Au même moment, je sentis une vive brûlure à la joue. Je lâchai la lampe qui, tombant sur le sol, s'éteignit. Heureusement, car le tireur, à qui la lumière offrait une magnifique cible — il ne m'avait manqué que de quelques millimètres — surpris par le brusque retour de l'obscurité, tira au jugé, et j'entendis la balle s'enfoncer dans la porte de l'écurie. Tout de suite, j'avais roulé à terre, essayant de mettre de l'ordre dans mes idées qui se bousculaient un peu. Le meurtrier devait guetter mon retour. Une fois encore, j'avais eu une drôle de chance. Je portai la main à la joue et la retirai pleine de sang. J'en serais quitte pour une balafre de plus... Retenant ma respiration, j'écoutais attentivement les bruits de la nuit tout en me félicitant de n'avoir pas déposé mon pistolet — que je ne quittais plus — sur la table de la cuisine lorsque j'étais allé prendre la lampe. Doucement, évitant le moindre frôlement (car l'autre, ignorant s'il m'avait ou non touché, se tenait sans doute, lui aussi, aux aguets) je glissai ma main droite sous ma veste et empoignai mon arme. Maintenant, il ne me restait plus qu'à attendre. Si le type se décidait à s'approcher pour constater ma mort, je lui réservais une jolie surprise... enfin, jolie pour moi !

Je restai allongé un bon quart d'heure sans que rien se produisît. Mon agresseur se serait-il enfui ? Pour en avoir le cœur net, j'eus recours à la ruse classique et, de la main gauche ramassant un caillou, je le jetai sur ma droite. Presque aussitôt un coup de feu, puis un second éclatèrent. A mon tour, j'entrai dans la danse et tirai cinq fois dans la direction d'où étaient partis les coups de fusil. Il me parut percevoir un gémissement, mais cela pouvait être une ruse et je ne bougeai pas. Près d'une demi-heure — à ce que j'estimai — coula encore dans le silence absolu, hormis les rumeurs de la nuit campagnarde. Il m'apparut incroyable que l'homme se tînt encore à l'affût et je commençai, en rampant, à me diriger vers la cuisine. J'avais été admirablement entraîné à la reptation. Lorsque je me trouvai à la porte, sans me relever, je tendis le bras et fis tourner la poignée pour entrouvrir doucement l'huis. Tout en restant au sol, je me glissai dans l'entrebâillement et respirai un bon coup en sentant le carrelage de la cuisine sous mon ventre. On n'est jamais si bien que chez soi. Je montai dans ma chambre sans prendre d'autre précaution que de ne pas faire trop de vacarme. De la fenêtre de l'étage, j'inspectai le jardin. Mes yeux accoutumés à l'obscurité, j'eus la certitude que mon meurtrier en puissance était parti. Je me mis à la recherche de ma lampe de secours, la dénichai quelque part au fond d'un placard, l'allumai et me regardai dans le miroir. Pas beau à voir. Ma blessure me barbouillait de sang tout le côté de la figure, ce qui me donnait un aspect terrible. Heureusement, c'était plus effrayant que grave. La balle m'avait littéralement effleuré la joue, y creusant un léger sillon qui avait beaucoup saigné. Je désinfectai la plaie sans pousser des cris car, pour ce genre de bobos, je suis extrêmement douillet. Je me collai un joli pansement maintenu en place par du sparadrap. L'ensemble n'ajoutait rien, il faut en convenir, à ma beauté naturelle. Trop fatigué pour réfléchir à quoi que ce fût, je me couchai, somme toute assez satisfait d'être encore en vie.

Ce matin, ma blessure, quoique très superficielle,

m'ayant donné un peu de fièvre, j'ai été réveillé dès les premières lueurs de l'aube. J'ai commencé par refaire mon pansement, puis je me suis préparé un bon café, attendant le lever du jour pour jouer les Indiens dans le jardin en tentant de relever des indices susceptibles de me mettre sur la trace du type qui avait jugé bon de me prendre pour cible. Avant de sortir, je glissai un nouveau chargeur dans mon pistolet. Décidé à ne rien laisser au hasard, je passai par la fenêtre, et, tournant les bâtiments, je me dirigeai vers l'endroit où j'avais repéré le tueur. Tout de suite, je vis l'herbe écrasée par l'homme en embuscade et la flaque de sang quelque peu diluée par la rosée. Il était touché ! Il portait ma marque ! Il n'y avait pas une minute à perdre ! L'occasion s'offrait de démasquer mon agresseur et sans doute le meurtrier de Lessoire et Barconitch. Je ne pris pas la peine de retourner chez moi et, au pas de course, je fonçai vers Vanargues.

Les volets du *Cheval Blanc* étaient encore en place. Je me glissai par-derrière dans le jardin. Au moment où j'y pénétrai, Elise tirait de l'eau à la pompe. Je fus sur elle avant qu'elle eût senti ma présence. Lorsqu'elle me vit, le revolver au poing, mon pansement sur la joue, elle ouvrit la bouche pour hurler et je dus lui appliquer la main sur les lèvres, assez brutalement, tout en lui intimant :

— Tais-toi ! Je ne te veux pas de mal !

J'en étais à ce stade où l'homme, prêt à jouer une grande partie, retrouve spontanément le tutoiement de la tragédie.

— Dis-moi seulement si Mirabeau est levé ?

— Ça se pourrait... Je l'ai entendu bouger...

— Il ne t'a pas commandé d'aller chercher un médecin ?

— Un médecin ? Pourquoi ? Il est malade ?

— Il est sorti cette nuit ?

— J' sais pas... mais ça m'étonnerait...

— Où est sa chambre ?

— Vous... vous voulez pas le tuer, tout de même ?

— Non... seulement l'emmener en prison... Allez, vite ! Où est la chambre ?

— Au premier.

— Conduis-moi !

Cela n'a pas paru tellement lui plaire, mais mon arme lui ôtait toute envie de me rien refuser. Elle se dirigea vers la maison et je suivis son jupon. L'un derrière l'autre, nous montâmes un escalier de bois et, parvenus sur le palier, Elise me montra une porte et, d'une voix étranglée :

— C'est là...

— Bon, file !... et n'appelle personne sinon je le démolis, ton patron !

Je n'attendis pas son départ pour ouvrir la porte que Mirabeau avait eu l'imprudence de ne pas fermer à clef. Le gros cafetier se trouvait encore au lit. Si je l'avais blessé, il ne devait pas être en état de gambader. Il fut tellement sidéré de me voir entrer dans sa chambre le pistolet au poing qu'il n'eut pas la force de crier, tout au plus parvint-il à râler :

— Vous !...

Je le contemplais, le sourire aux lèvres. Pour une surprise, c'était bien une belle surprise ! Et puis, brusquement, il retrouva ses esprits et hurla :

— Qu'est-ce que vous foutez chez moi ? A cette heure-ci ?

Sans élever le ton, je précisai :

— Ferme ça, Mirabeau, ou il va t'arriver malheur...

Plus encore que les paroles, la douceur de ma voix l'affola. Il se dressa sur son séant :

— Mais, enfin, me direz-vous...

— Debout !

— Quoi !

— Saute hors du lit avant que je ne me fâche pour de bon !

Je lui aurais demandé où était sa cagnotte qu'il n'eût pas été plus surpris. Il me regarda attentivement pour se rendre compte si je plaisantais ou non, et, son opinion faite, il sortit de sa couche et se tint debout sur sa descente de lit, dans sa longue chemise blanche bordée aux manches et au col d'un point de riz rouge, les orteils curieusement retournés vers le haut. On n'apercevait pas trace de blessure.

— Ote ta chemise !

— Hein ?

— Ote ta chemise !

— Mais j'ai rien dessous !

— Justement !

— C'est pas possible que...

Je levai lentement mon arme. Mirabeau poussa un gémissement et, empoignant sa liquette à pleines mains, la fit passer par-dessus sa tête. Je l'inspectai minutieusement. Je dus me rendre à l'évidence : pas la moindre blessure. Je le tournai et retournai. Rien. Je m'étais trompé sur l'identité du tueur. Ma déception dut être visible car le cafetier reprit du poil de la bête.

— Et alors ?

— Et alors, il faudra penser à vous laver les pieds, mon gros !

J'ai refermé la porte sur un magnifique chapelet d'injures me démontrant que Mirabeau possédait une belle imagination. Au bas de l'escalier, Elise me guettait :

— Vous ne lui avez pas fait de mal au moins ?

— Je n'ai pas de temps à perdre !

C'est vrai que je n'avais pas de temps à perdre si je voulais démasquer mon agresseur et puisque Mirabeau n'était pas mon homme, il me fallait rencontrer au plus tôt le nommé Verduraz. Je prévoyais que notre entrevue serait assez percutante. Ayant remis mon arme dans mon holster, je sonnai à la porte du maire. On ne m'ouvrit pas tout de suite et je marquai mon appel. Une voix grognonne me parvint :

— Ça va ! Ça va ! Il n'y a pas le feu tout de même ?

Enfin, je me trouvai en présence de Mme Verduraz. La tête auréolée de bigoudis, elle ressemblait à un sac de pommes de terre, dans son peignoir mal attaché. Elle ne se montra pas des plus aimables.

— Monsieur Mérot !... à cette heure-ci ? Qu'est-ce qui vous prend ?

— Je désire parler à Verduraz.

— Mais... il dort !

— Réveillez-le !

— Vous êtes fou ?

— Je ne suis ni fou, ni patient, madame, et si vous ne réveillez pas votre mari, je m'en chargerai !

— Sortez !

— Je n'en ai pas l'intention !

— C'est... c'est scandaleux !

— Alors, vous vous décidez, oui ou non ?

— Et ce ton ! Vous osez me parler sur un ton !...

— J'ai déjà eu l'honneur de vous avertir, madame, que la patience n'était pas mon fort !

La bonne femme commençait à s'effrayer. J'ignore qu'elle eût été la suite des événements si Verduraz ne s'était montré lui-même en haut de l'escalier, la paupière fripée et l'air plutôt mauvais.

— Qu'est-ce qui se passe, Elise ?

Le prénom me fit bondir.

— Comment vous appelez-vous, madame ?

Elle me regarda comme on peut regarder un dément en proie à ses délires extrêmes.

— Mais... mais... vous le savez bien ? Verduraz... Je... je suis une demoiselle Finarelle...

— Ça, je m'en fous ! Ce que je tiens à vous entendre me répéter, c'est votre prénom !

— Mon prénom ? Elise... Pourquoi ?

Sur le palier, Verduraz s'énervait. D'où il se tenait, il ne pouvait me reconnaître.

— Alors, Elise, tu me réponds ?

La pauvre femme ne l'entendait même plus, trop occupée à me surveiller. Moi, je la fixai dans les yeux.

— Elise, hein ? J'aurais dû m'en douter !

— Vrai... vraiment ?

— Ne jouez pas l'innocente, cela ne vous convient pas du tout ! Alors, votre ami Hamlein, vous l'avez beaucoup pleuré ?

Elle restait la bouche ouverte devant moi, incapable de bouger, semblait-il. Là-haut, Verduraz, ne comprenant rien à l'affaire, vociférait :

— Oui ou non, Elise, vas-tu me dire à quoi ça rime tout ça ?

Sans tourner la tête, je lançai :

— C'est moi !

— Vous ? Qui ça, vous ?

— Je vais te le montrer, mon vieux !

Je sortis mon pistolet. Elise Verduraz poussa un hurlement d'agonie et s'effondra comme une masse. Le maire mugit :

— Si seulement je trouvais mes pantoufles !...

— Ne te dérange pas, j'arrive !

Je m'élançai dans l'escalier. Verduraz me reconnut au moment où je parvenais à sa hauteur.

— Qu'est-ce que vous avez fait à ma femme ?

— Peur !

— Et ça vous amuse de vous balader à l'aube pour faire peur aux dames qui ne sont plus de la première jeunesse ?

— Ce qui m'amuse mon bon, c'est de mettre la main sur celui qui a essayé de me tuer cette nuit...

Et, lui montrant le pansement ornant ma joue, j'ajoutai :

— J'ai eu du pot...

— Je vous en félicite, mais je ne vois pas exactement...

— Pas besoin de comprendre, il n'y a qu'à obéir !

— Et ce pistolet, c'est pour m'y obliger ?

— Précisément !

Il m'examina pensivement :

— Monsieur Mérot... vous n'êtes pas fou, n'est-ce pas ?

— Pas encore.

— Alors, qu'est-ce que vous désirez ?

— Vous coller à poil !

Là, pas d'erreur, je lui en bouchai un coin. Il s'attendait à tout sauf à ça. Avant qu'il eût repris ses esprits, nous entendîmes la porte d'en bas se refermer. Une ombre de sourire joua sur ses lèvres.

— Vous aurez l'air fin quand Elise reviendra avec les voisins !

Sans répondre, je l'empoignai par le coude et, le forçant à reculer, je le poussai dans la première chambre qui s'ouvrait devant nous.

— Ne perdons pas de temps. Enlevez votre pyjama !

— Vraiment, vous y tenez ?

— J'y tiens.

Il haussa les épaules et, tout en ôtant sa veste, il remarqua :

— Vous avez de drôles d'idées sur les distractions d'un instituteur en Dordogne...

Nu, Verduraz m'apparut comme un sarment de vigne et poilu comme le dieu Pan lui-même. Je l'examinai attentivement mais, du premier coup d'œil, j'avais compris que je m'étais encore trompé. Goguenard, il me regardait :

— Je vous plais ?

— Ce n'est pas le moment de vous foutre de moi, Verduraz !

— Admettons... Je peux me rhabiller ou tenez-vous à prolonger cette séance ?

— Rhabillez-vous...

Remettant son pyjama, il s'enquit :

— Serait-il indiscret de vous demander à quoi rimait ce strip-tease ?

Je le lui dis. Il m'écouta et doucement, s'enquit :

— En somme, vous vous plaisez à croire que le maire de Vanargues se distrait de l'ennui provincial en chassant l'instituteur à l'affût, la nuit ?

— J'imagine beaucoup plus simplement que le meurtrier de Barconitch et de Lessoire a voulu éliminer l'instituteur qu'il sentait à ses trousses.

— Et ce meurtrier, c'est moi ?

— J'en suis presque sûr, Verduraz. D'ailleurs, votre femme ne s'appelle-t-elle pas Elise ?

— Parce que ma femme se prénomme Elise, vous entendez démontrer que je suis un assassin ? C'est plus fort que Sherlock Holmes !

— Continuez à vous ficher de moi...

— Il y a de quoi, non ? Mon cher monsieur, vous commencez à m'embêter sérieusement, vous, vos meurtriers fantômes, vos traquenards contre la laïcité et vos excentricités ! Vous êtes un véritable cataclysme et vous allez filer de Vanargues au plus tôt !

— Si je veux !

— Non, monsieur Mérot, si moi, je veux !

Lorsque nous ressortîmes de la chambre, nous en vîmes cinq ou six qui grimpaient l'escalier sous la direction de Mme Verduraz. Notre apparition les figea sur place. Elise récupéra la première et cria :

— Tu n'es pas blessé, Honoré ?

— Juste dans mon amour-propre, mon amie.

Et, s'adressant aux témoins :

— Laissez passer M. l'instituteur qui risquerait d'être en retard pour sa classe...

Pour être déçu, je l'étais. Ni Mirabeau, ni Verduraz ! Fallait-il admettre que je me trompais depuis le début — ce qui, pour un agent des services secrets bien noté est assez humiliant — ou que le maire avait un complice, un homme de main qui restait dans l'ombre et n'intervenait que dans les coups durs ? En tout cas, que la femme de Verduraz s'appelât Elise ne pouvait être aussi une coïncidence ! Le maire mettait son tueur en action et son épouse portait elle-même les papiers à Hamlein en prenant prétexte, par exemple, d'aller faire à Mirabeau une commission de son mari. Une parfaite division du travail qui mettait Verduraz à l'abri de tout soupçon ; une division du travail qu'il serait bien difficile de prouver...

Penaud, je remontai vers mon école à une toute autre allure que je n'en étais descendu une demi-heure plus tôt. En passant devant le bureau de poste encore fermé au public, j'eus envie — en dépit de la manière dont nous nous étions séparés, lors de notre dernière rencontre — de me faire consoler par Casseigne. A mon appel, il vint m'ouvrir en me demandant si, par hasard, je n'étais pas tombé du lit. Mais je ne lui répondis pas tout de suite car je remarquai sa pâleur et m'aperçus qu'il boitait ! Mon esprit battit un peu la campagne... Casseigne ? Ce n'était pas pensable ! Le receveur nota mon désarroi. Inquiet, il m'interrogea :

— Ça ne va pas ?

Je me repris. Depuis les quelques années que je travaillais dans les services secrets, j'avais constaté la réalité de toutes les ignominies dont l'homme est réputé capable, mais jamais encore quelqu'un se disant mon ami n'avait essayé de me tuer. Peu à peu, au chagrin ressenti se substituait une colère qui me donnait des envies de sauter à la gorge de ce traître. Paraissant lire mes sentiments sur mon visage, il insista :

— Je vous affirme que vous semblez fatigué ?

— Et vous ?

— Moi ?

— Vous n'avez pas l'air tellement bien non plus ? Et puis, vous boitez... si je ne me trompe ?

— Non, non, je peux à peine poser le pied par terre...

— Tiens, tiens... et pour quelle raison ?

— La goutte, mon vieux, l'aristocratique goutte de nos

ancêtres qui s'est démocratisée au point de torturer le receveur des postes de Vanargues !

Il se fichait de moi par-dessus le marché ! Je devins mauvais et l'agrippai par sa veste de pyjama :

— Il est possible que vous ayez une crise de goutte, Casseigne, mais il se peut aussi que vous souffriez d'autre chose... J'aimerais m'en assurer. Otez votre pyjama !

— Que j'enlève mon... ?

— Dépêchez-vous !

Je me rendais parfaitement compte d'une chose : il me jouait supérieurement la comédie ou il ne comprenait absolument rien à mon comportement !

— C'est une plaisanterie ?

— Je vous jure, Casseigne, que je n'éprouve pas la moindre envie de plaisanter. Otez votre pyjama où je vous l'arrache, c'est clair, non ?

Quand il fut nu comme un ver, force me fut de constater que si son orteil droit, rouge, luisant et enflé, témoignait d'un joli accès de goutte, le reste de son corps n'offrait pas la moindre trace de blessure ou de pansement. J'avais encore fait chou blanc. J'en ressentais moins de dépit qu'avec Verduraz et Mirabeau, car la déception de ce nouvel échec était largement compensée par l'assurance de la loyauté de Casseigne. Et ceci valait mieux que cela.

— Remettez votre pyjama, mon vieux, et tâchez de ne pas m'en vouloir, si c'est possible ?

— Et si vous m'expliquiez ce que tout cela signifie ?

A lui aussi, j'exposai mes aventures nocturnes et ma réaction matinale. Il m'écouta gravement puis, quand je me tus :

— Ainsi, vous avez pu penser que j'étais le meurtrier que vous cherchez ?

— Je vous en demande pardon.

— Difficile de vous pardonner un manque de confiance qui me déçoit en même temps qu'il me peine.

— Mettez-vous à ma place ? On me harcèle sans que je puisse arriver à deviner qui est l'auteur de ce que je subis ! Alors, forcément, j'en arrive à me méfier de tout le monde...

— Je vous comprends, mais je ne puis vous pardonner cependant de m'avoir supposé capable de vous mentir... Une amitié vraie ne peut reposer sur des bases aussi fragiles... Je vous souhaite bonne chance...

Cette fois, j'étais complètement démoralisé. Ma rupture avec Casseigne se révélait la goutte d'eau faisant déborder le vase. J'en éprouvais du chagrin mais j'admettais son point de vue tout en déplorant son intransigeance. Comme je ne pouvais matériellement pas déshabiller tous les habitants mâles de Vanargues pour tenter de découvrir le blessé que je cherchais, je réintégrai mon école, furieux contre tout le monde et contre moi-même.

Lundi 20 juin.

Si ma dernière et malheureuse aventure n'augmenta guère mon crédit auprès des gens posés, elle m'auréola d'une belle réputation d'excentrique. Bien entendu, Elise n'avait pu tenir sa langue et Mme Verduraz avait pris pour confidentes ses meilleures amies afin de leur apprendre les outrages subis par son mari et par elle-même. En me croisant, des couples se poussaient du coude et arboraient des visages hilares. Si Verduraz avait eu le sens de la justice, il aurait admis que ma conduite à son égard et vis-à-vis de Mirabeau avait amené de l'eau au moulin de la laïcité. Mais Verduraz ne rêvait plus que de me voir chasser ignominieusement de Vanargues et il devait préparer une attaque-surprise dont, je le prévoyais, j'aurais du mal à me remettre. Il semblait si sûr de lui que pas plus que Mirabeau il n'avait porté plainte pour violation de domicile et menaces de mort. Chez la Delphine, on ne se permit pas la moindre allusion à mes hauts faits, mais Louise me sourit plus d'une fois et sa mère me dit :

— On s'en douterait pas à vous regarder, mais vous êtes un drôle de lapin, pas vrai ?

Je répliquai par un petit rire modeste tandis que Firmin, en dépit de sa sciatique l'immobilisant sur son fauteuil, m'adressait à la dérobée des clins d'œil complices. Pour tout avouer, je sentais venir le moment où je pourrais reprendre mon offensive en vue d'obtenir la Louise sans risquer un refus. Alors, au diable Vanargues et ses fureurs, Mirabeau et ses indignations, Casseigne et son amour-propre !

La vengeance du maire s'est matérialisée ce matin. Verduraz m'a eu par surprise, il me faut le reconnaître, et j'ai été vaincu avant même d'entamer le combat. J'attendais un inspecteur et ce fut une inspectrice qui entra dans ma classe. Les gosses et moi n'étions pas en train et, dégoûtés, nous lutinions la grammaire sans conviction, grapillions l'histoire sans appétit, errions à travers l'arithmétique sans parvenir à nous intéresser, lorsqu'elle poussa la porte et, avec elle, nous eûmes tous le sentiment que pénétrait dans notre univers le monde des grands et ses méchancetés. En voyant cette femme je ne compris pas tout de suite. Je me dressai :

— Madame ?

— Je suis Mlle Mignon, inspectrice... Vous n'avez pas appris à vos élèves à se lever quand quelqu'un se présente dans votre classe ?

— Non.

— C'est un tort. Veuillez les faire lever, je vous prie ?

J'obtins des gosses qu'ils se missent à une sorte de garde-à-vous bon enfant et pendant que l'inspectrice les examinait, souveraine, moi, je la regardais. Elle apparaissait tendue à craquer de partout, du corsage à la jupe. On avait le sentiment que des armatures soigneusement dissimulées luttaient farouchement contre la pression des masses compactes avides de liberté et que, perdue dans ce combat dont elle était l'enjeu, l'inspectrice haletait sans arrêt. La répercussion des dures batailles qui se livraient en elle modifiait sans cesse son visage dont les affres d'une quarantaine trop sage couperosaient les joues. Je lui offris gauchement ma place qu'elle refusa d'un merci sec comme une condamnation et je dus envoyer chercher une chaise dans ma cuisine. Elle s'y installa à droite du tableau noir et, d'une voix imprégnée, des plus noirs soupçons, m'intima l'ordre de continuer ma classe.

Pas très sûr de moi, je me dirigeai vers la Guite qui m'adressait un sourire auquel je voulus donner un sens d'encouragement. J'annonçai à ma protégée qu'elle devait étudier les consonnes M, N et B. Je me penchai vers elle pour lui montrer les lettres sur son abécédaire quand, sans réfléchir et cédant à une impulsion subite, elle m'embrassa sur le nez. J'espérais, contre toute raison, que l'inspectrice n'avait rien vu... mais rien n'échappe à ce genre de chipie.

— Cette enfant semble vous aimer beaucoup ?

Je me redressai, un peu confus.

— Beaucoup, oui, madame.

— Ce genre d'effusion publique entre maître et élève n'est pas recommandée... On ne se montre jamais assez prudent quant à ses mœurs !

Elle commençait à m'énerver sérieusement. Je dus me raccrocher à l'image de Louise pour ne pas faire un éclat et tomber ainsi dans le traquenard tendu par Verduraz.

— Vous n'avez qu'un élève au petit cours ?

— Il y a aussi ce garçon là-bas...

Et, du doigt, je lui montrai Titin Lanouègue qui, ricanant, plongea, selon son habitude, son doigt dans l'encrier.

— Pourquoi ne les placez-vous pas à côté l'un de l'autre ?

— Le gamin est d'un caractère fort indépendant et...

— Et c'est lui qui commande ? Parfait !...

Et ce que je redoutais se produisit. Elle appela Titin auprès d'elle. Je me sentis l'âme du capitaine d'un voilier perdu au large du cap Horn dans la tempête. L'œil en dessous, Titin s'approcha :

— N'aie pas peur, mon bonhomme.

— J'ai pas peur.

— Très bien... Tu sais lire ?

— Non.

— Et compter ?

— Non.

Le traître !

— Pourquoi n'apprends-tu pas ?

— Ça m'intéresse pas...

La visiteuse me lança un coup d'œil méprisant. Pas d'illusion à nourrir. J'étais cuit. L'inspectrice posa affectueusement son bras sur les épaules de Titin.

— Dis-moi... sais-tu compter ?

— Oui.

— Ah ! tout de même ! Eh bien ! compte jusqu'à cent, de dizaine en dizaine.

— Non.

— Pourquoi ?

— Parce que j'ai pas envie...

Elle insista :

— Ecoute-moi, mon garçon...

— Non.

— Tu ne veux pas m'écouter ?

— Non.

— Et pour quelles raisons, je te prie ?

— Parce que vous m'em...

Il se fit un de ces courts silences comme il s'en produit toujours, paraît-il, avant les grands cyclones, typhons, maelstroms et autres fureurs conjuguées de l'eau et de l'air. Titin en profita pour regagner tranquillement sa place. Jean de la Barette usa de cette accalmie pour lancer deux ou trois aboiements parfaitement réussis mais qui firent sursauter la visiteuse sur sa chaise. Elle soupira en une sorte de râle :

— C'est complet !...

On restait là les uns et les autres à se regarder dans les yeux, ne sachant plus quelle attitude prendre. Je risquai :

— Si vous désiriez interroger le meilleur de mes...

Ayant récupéré toute son énergie, elle m'interrompit d'une voix froide et cinglante :

— Cela me suffit, monsieur Mérot.

Se levant, elle m'intima l'ordre de la suivre et nous abandonnâmes la classe confiée au Jules des Terrasses qui s'installa à ma place. Dans la cuisine devenue mon living-room, elle ne perdit pas son temps en déclarations préliminaires. Elle mit tout le paquet d'un coup :

— Je suis au regret, monsieur Mérot, de constater que les plaintes vous concernant et qui émanent d'hommes respectables sont largement fondées. Votre manière d'enseigner est incohérente ! Quant à ce jeune voyou, je ne sais ce qui est pire de sa grossièreté ou de son insolence ! Tout maître a les disciples qu'il mérite !

Elle commençait à m'énerver sérieusement et, perdu pour perdu, autant disparaître en beauté. J'affectai le ton le plus cérémonieux pour lui assurer :

— Titin Lanouègue, en vous répondant comme il l'a fait, mademoiselle, a simplement interprété les sentiments de la classe entière, et les miens en particulier.

Elle me fixa, ne comprenant pas tout de suite le sens de mes paroles et lorsque enfin elle eut réalisé, elle blêmit, persuadée sans doute d'avoir été témoin d'un sacrilège inouï. Maintenant, elle tremblait d'impatience. Elle était la grande prêtresse offusquée de l'enseignement laïc et obligatoire. Elle voulait courir à sa vengeance, et à travers sa propre personne, mais aux dépens de la mienne, rendre leur virginité aux autels de la pédagogie. Sa voix siffla :

— M. Mérot, la question est réglée. M. Verduraz a raison. Vous êtes un esprit subversif, un mauvais pasteur ! Après le rapport que je rédigerai sur vous, je pense que vous seriez bien inspiré de chercher un autre métier !

Et, superbe, elle me tourna le dos. Alors, là, vraiment, j'ignore ce qui m'a pris, à quelle pulsion — comme diraient les psychiatres — j'ai cédé, mais le fait est que j'appliquai une claque vigoureuse sur ce derrière laïque. Mlle Mignon exécuta un petit saut en avant en même temps qu'elle exhalait un râle horrifié. Elle se jeta contre la porte — gros bourdon se heurtant à la vitre qu'il ne voit pas — et ne serait pas parvenue à ouvrir si je ne l'y avais aidée. Elle jaillit à l'extérieur mais attendit d'être de l'autre côté des grilles de l'école pour se retourner et me lancer :

— Satyre !

J'allai conter l'histoire à Epaminondas. Il me parut qu'il l'appréciait car il sourit. Pour moi, la fièvre de l'action apaisée, je mesurais les conséquences de cette série d'incidents. Inutile d'espérer poursuivre une carrière universitaire et, dans quelques jours, il me faudrait tout à la fois quitter Vanargues et le métier d'instituteur. Je reviendrai donc auprès de M. Durand. Je dis un adieu définitif à mes rêves d'existence bourgeoise, de foyer, d'enfants, car, en me chassant d'une carrière paisible, peu rémunératrice mais ordinairement sans aléas, Mlle Mignon, du même coup, me ferait perdre Louise.

Et c'était cela qui me crevait le cœur...

Mais à quoi bon se lamenter pour des histoires qui ne dépendent pas ou plus de nous ? Je réentendais, intérieurement, cette réflexion apaisante de Catherin Bugnard :

« Ce qui est, est. Manquablement, c'est temps perdu d'y faire contre. »

Lundi, 27 juin.

Je ne sais si l'opinion publique fut au courant de mon aventure avec l'inspectrice mais personne n'y fit allusion. Tout au plus, Mirabeau rencontré se permit-il à mon endroit un petit sourire ironique qui en disait long. Il ne me pardonnait pas notre séance de strip-tease et sans doute savourait-il déjà les joies glacées de la vengeance. Félicien Casseigne n'avait point reparu. Je regrettais ce vieux bonhomme paisible et philosophe. Pourquoi, diable, montrait-il un si mauvais caractère ? Quant à Firmin, Delphine et Louise, ils ne s'étaient pas manifestés. Je ne parvenais pas à comprendre leur attitude à ceux-là non plus. Peut-être, après tout, se félicitaient-ils de l'éventualité d'un départ qui mettrait leur fille à l'abri de mes convoitises matrimoniales ?

Contrairement à ce que je pouvais en attendre, je me remis assez vite de ces mésaventures se soldant par un échec sur le plan professionnel et une déception profonde sur le plan sentimental. L'existence est trop courte pour qu'on passe son temps à soliloquer sur ce qu'elle aurait pu être et qu'elle n'a pas été. Mon maître Catherin Bugnard l'explique fort bien, avec cette concision qui fait tout ensemble son charme et sa grandeur :

« Dans la vie n'y a que deux moments qui comptent,
« celui qu'on vient et celui qu'on s'en va. Le reste est
« de remplissage. »

Désormais, je ne me souciais plus guère de ma classe à laquelle je ne participais plus que par conscience professionnelle. La plupart du temps, j'envoyais les gosses en récréation et restais à mon bureau pour réfléchir à l'énigme qu'il me fallait résoudre pour me retirer du jeu avec les honneurs de la guerre. Une évidence s'imposait : Barconitch et Lessoire connaissaient celui qui allait être leur meurtrier et, pour cette raison, ne s'en étaient pas méfiés. Un homme des services secrets, même sur l'âge, ne se laisse pas égorger sans se défendre, ou alors, il faut obligatoirement qu'il soit frappé par surprise et, seul, est capable de profiter de cette surprise le familier qu'on laisse se glisser dans son dos sans y prendre garde. Il m'incombait donc de mener une enquête minutieuse pour tenter de savoir qui fréquentait la maison des victimes. Il me semblait que Delphine — qui avait tenu leur ménage — se révélait la plus qualifiée pour me fournir les renseignements susceptibles d'orienter mes recherches de façon définitive.

Je ne cessais de dresser la liste des gens capables d'avoir éxécuté le crime, pour des raisons ignorées mais qui, vraisemblablement, devaient être d'ordre financier. Il était difficilement admissible, en effet, qu'à Vanargues se dissimulât un agent ennemi alors que la population n'avait accueilli aucun étranger depuis quinze ans. Hamlein aurait bien fait l'affaire mais de l'aveu même de Durand ce ne pouvait être lui, l'assassin puisque, tandis qu'on tuait, il se promenait avec un ami du patron. Et la question se posait d'abord de deviner l'identité de ce dernier. Le maire ? Non, trop coléreux, trop occupé de petitesses, de prérogatives. Mirabeau ? Il ressemblait trop au maire et sa bêtise épaisse l'eût empêché de travailler pour nous. Casseigne ? Trop égoïste, vraisemblablement, pour risquer quoi que ce fût, trop susceptible aussi. M. le receveur des postes tenait à sa petite existence quiète et il y tenait trop pour accepter de la mettre en péril. Par contre, mes soupçons quant à l'identité de l'assassin se cantonnaient pour l'heure autour du maire et de Mirabeau, avec une nette préférence pour le premier, préférence qui ne dépendait pas seulement de mon animosité personnelle, mais aussi de l'autorité absolue que Verduraz exerçait sur Mirabeau. Au surplus, si le cafetier pouvait être complice, il n'avait pas l'étoffe d'un chef. Enfin, le nom d'Elise murmuré par Hamlein mourant désignait obligatoirement la servante du *Cheval Blanc* ou l'épouse du maire. De toute façon, Verduraz et Mirabeau se trouvaient dans le coup et j'allais m'occuper d'eux, toute affaire cessante.

Hier soir, le vieux Clément guettait mon retour. Il n'attendit pas que je fusse à sa hauteur pour me héler :

— Hé ! monsieur l'instituteur... faut que je vous raconte...

Il commençait à m'embêter, le vieux !

— Je n'ai pas le temps !

— Mais c'est des choses qui vous intéressent !

Comment lui expliquer que je me fiche complètement des histoires de Vanargues ? Je passai sans m'arrêter :

— Une autre fois, grand-père ! Une autre fois...

Dimanche, 3 juillet.

Une semaine chargée. Je mentirais en disant que mes élèves paraissaient le moins du monde troublés par l'approche du certificat d'études, à l'exception, peut-être de Jules des Terrasses. Ceux qui paraissaient en âge de le passer ne nourrissaient aucune illusion quant à leur chance de succès. Pour les autres, ils devenaient, jour après jour, une proie consentante de la belle saison. Deux ou trois d'entre eux arrivaient régulièrement en retard. Encore, pour ceux qui habitaient le bourg, la tentation n'était-elle pas trop forte, mais ceux qui venaient des hameaux et fermes environnantes !... Imaginez un peu ma Guite avançant le long d'un sentier fleuri, assaillie par tous les parfums de la terre, sollicitée par les chants des oiseaux, aguichée par l'étonnante parade des fourmis ou se trouvant, brusquement, nez à museau avec un veau égaré, et vous avouerez qu'il aurait fallu une âme spartiate à la petite pour rester sourde à ces appels et gagner l'école. Pour Titin Lanouègue, il nous honorait de plus en plus rarement de sa présence, et lorsqu'il daignait s'asseoir parmi nous, il s'enlisait dans des rêveries dont rien ne le pouvait tirer. Seule, la Guite parvenait à l'arracher à ses songes et il l'entraînait dans de longues promenades d'où elle revenait avec des fleurs dans les cheveux et un regard extasié. Titin l'avait adoptée pour compagne d'aventures et il m'arrivait, le soir, de me dissimuler derrière une haie pour les regarder passer à travers l'heure mauve, la main dans la main, cheminant sur des routes qu'eux seuls connaissaient.

Comme il était facile de le supposer, aucun des élèves ne fut reçu au certificat d'études, même pas le pauvre Jules des Terrasses. J'en éprouvai un peu de remords. Je m'étais donc trompé sur son compte en augurant d'une carrière de petit fonctionnaire. Il ferait, comme ses camarades, un paysan, un peu plus fin que les autres et qui, plus savamment que les autres aussi, gémirait sur les rudes conditions de l'existence rurale.

Mais tout cela n'avait plus aucune importance. Quelques jours encore et je dirais adieu à Vanargues pour retrouver mon deux pièces de la rue Joséphin-Soulary. Je me demandais si je ne pourrais pas emmener Epaminondas et le mettre en pension chez des amis du côté de Chiroubles. J'étais certain que mon âne se plairait en Beaujolais. Quelquefois, le soir, les élèves partis, je me rendais au presbytère et passais un moment en compagnie de l'abbé Biscarnious. Le prêtre et moi, nous nous installions dans son petit jardin aux trois quarts envahi par les mauvaises herbes, et, le nez dans les étoiles, nous discutions de l'existence de Dieu que la présence sur cette terre de Verduraz m'inclinait à mettre en doute. Le curé ne refusait aucun argument, ne reculait devant aucune question. Côte à côte, il nous arrivait de frôler l'hérésie. Quand le brave homme s'en rendait compte, il s'esclaffait, s'arrachait d'un élan aux raisonnements captieux où ma malignité essayait de l'entraîner et repartait vigoureusement sur les chemins larges et aérés où sa foi ne risquait rien. Amolli par la douceur de l'air, j'assimilais ce jardin sauvage et plein d'odeurs au paradis, l'abbé Biscarnious au Bon Dieu et je me sentais particulièrement qualifié pour jouer le rôle d'Adam. Quant à Eve, son fantôme traînait dans le crépuscule sous les traits de ma Louise perdue. Ah ! j'aurais bien volontiers donné une côte, moi aussi, pour l'avoir, ma Louise... La nuit venue, l'abbé se levait et nous nous séparions, restant chacun sur nos positions idéologiques ; pour moi, je repartais vers mon école, remâchant mes incertitudes dont Catherin Bugnard a résumé l'essentiel en disant :

« S'il y a un Bon Dieu, d'où vient le mal ? Oui, mais « si y en a pas, d'où vient le bien ? »

Avant-hier, j'ai été convoqué chez l'inspecteur d'académie. Ce dignitaire habitait une demeure qui, extérieurement, semblait charmante. Cependant, sitôt la porte franchie, on glissait dans une humidité gluante où folâtrait un concierge à museau de rat. L'inspecteur devait approcher d'une soixantaine sans illusion. Il me fit penser à ces photos de famille traînant dans les albums en peluche. Il me pria de m'asseoir devant son bureau et laissa s'établir entre nous un silence qu'il jugeait vraisemblablement son allié. Tout à coup, sans élever le ton, comme s'il continuait une conversation depuis longtemps commencée, il entama un long monologue où il était question de vertus civiques, de laïcité et cependant de sacerdoce, de dévouement à la chose publique de l'obscurantisme et du progrès des lumières. De temps à autre, je hochais la tête d'un air pénétré, donnant à entendre que cette éloquence convaincante trouvait en moi un terrain tout préparé. Aussi soudainement qu'il avait déboulé, le flux verbeux s'arrêta et l'on me demanda avec une gravité non dénuée de sympathie si j'avais conscience de posséder toutes ces qualités nécessaires à un instituteur. Mon premier mouvement fut de rire au nez du cuistre, mais l'image de Louise me barbouillait l'entendement et pour la bien-aimée, je tentai un suprême effort en assurant mon juge que je m'estimais semblable en tout point au modèle décrit. L'inspecteur haussa légèrement les épaules, exhala un soupir impressionnant avant de remarquer :

— Il est dommage, monsieur Mérot, que vous soyez le seul de cet avis...

Et, tout aussitôt, les vannes de l'éloquence administrative s'ouvrirent de nouveau. J'écoutai l'exposé précis, net, détaillé de toutes les erreurs commises depuis mon arrivée à Vanargues. Je reconnus dans certaines notes le style fielleux en même temps qu'ampoulé de Verduraz, le ton sec et coupant de Mlle Mignon, et pour terminer, les plaintes de parents outrés de l'échec de leur progéniture au certificat d'études. Je voulus protester, me défendre ; on ne me le permit pas. A chaque fois que j'ouvrais la bouche, on me la fermait avec le rappel d'une faute, d'une bévue, d'une maladresse. A la fin, j'en eus assez. Tranquillement, je me levai, vins au bureau de l'inspecteur, appuyai les deux mains sur son buvard et approchant ma figure de la sienne, je lui dis gentiment :

— Vous allez me laisser parler, oui ou non ?

Il me contempla, incrédule, refusant de croire à un pareil scandale.

— Monsieur l'inspecteur, votre Mlle Mignon est une affreuse et votre Verduraz, un crétin. J'étais venu à Vanargues pour faire honnêtement mon métier, mais je suis tombé sur ces imbéciles. Que pouvais-je tenter ? Vous ne voulez plus de moi ? D'accord, je m'en vais, Permettez-moi de vous confier qu'il est dommage, pour l'éducation des gosses, que vous fassiez confiance à un abruti poussiéreux et à une refoulée plutôt qu'à un brave garçon sans complexe.

Maintenant, il commençait à admettre la réalité de la scène qu'il vivait. Je le devinais à ses yeux qui, imperceptiblement, saillaient de plus en plus de ses orbites, à la sueur qui lui humectait les joues, à sa bouche qui s'ouvrait et se fermait spasmodiquement. Pour conclure le débat et lui laisser un souvenir inoubliable, je me redressai, portai un doigt à ma tempe et jetai avec une désinvolture canaille :

— Salut, p'tite tête !

Et je quittai la pièce sans me retourner. Regagnant l'extérieur, je convenais que si le bonhomme avait de la tension, il risquait de mourir d'une attaque.

Devant l'école, Firmin m'attendait. Il me salua, puis :

— Ça n'a pas marché ?

— Non...

— Ah ?... Alors... vous allez partir ?

— Bien obligé.

— Et où c'est que vous irez ?

— Chez moi, à Lyon.

— Ah ?... Peut-être que dimanche ça vous dirait de manger à la maison ?

Tout à l'heure, j'ai partagé le repas de Firmin, de Delphine et de Louise. Au début, on n'a guère parlé. Ces braves gens savaient, naturellement, ce qui m'était arrivé. Je sentais qu'ils auraient souhaité me laisser entendre qu'ils prenaient part à ma disgrâce mais ils ignoraient la manière de s'y prendre. Louise évitait de me regarder, attitude qu'elle avait adoptée depuis ma déclaration. La Delphine s'en prit au maire :

— Ce Verduraz, c'est quand même un vrai poison ! C'est lui qu'est cause de tout avec son ami Mirabeau et cette garce d'Elise ! Personne nous en débarrassera donc jamais ?

— Peut-être...

Delphine leva ses lourdes épaules, incrédule.

— Et qui ça, donc ?

— Moi.

Je vis bien qu'elle se forçait à ne pas sourire devant mon assurance. Elle mit autant de douceur qu'elle en était capable dans sa voix pour souligner :

— Vous ? Pauvre ! Qu'est-ce que vous pouvez tenter contre des gens qui se tiennent si bien les uns les autres ?

— Les envoyer en prison !

Ils durent, tous les trois, si j'en jugeais par la manière dont ils me contemplaient, me croire l'esprit un peu dérangé et pour leur démontrer que je ne me vantais pas, je leur confiai la vraie raison de ma venue à Vanargues. Qu'est-ce que je risquais maintenant ? L'assassin était depuis longtemps au courant et je n'avais plus à ménager ma situation dans l'enseignement. Du trio, la plus effarée s'affirmait Louise. Ses yeux reflétaient un désarroi profond. Elle ne parvenait pas à admettre que le timide instituteur qui lui balbutiait sa tendresse et l'homme impitoyable que j'incarnais soudain (ou mieux qu'elle jugeait impitoyable par toutes les histoires d'espionnage et de contre-espionnage lues dans les hebdomadaires) fussent une même et seule personne. Firmin réagit le premier. Il ôta la pipe de sa bouche pour dire :

— Eh ! ben... Eh ! ben... Eh ! ben...

La Delphine respira un grand coup et me versa un petit verre de marc ainsi qu'à son mari et à elle-même.

— Faut qu'on trinque, monsieur Mérot... J'ai jamais été si contente !... Peut-être que vous finirez par les avoir, ces bandits ?

— Comptez sur moi... surtout si vous voulez m'aider ?

— Nous ? Je ne vois pas trop comment ? Mais vous avez qu'à demander...

Je la priai de me parler de ceux qui rendaient visite à Barconitch et à Lessoire. Elle fronça les sourcils dans un violent effort de réflexion.

— En fait, personne... En tout cas, jamais le matin quand je nettoyais et que je préparais le manger... Les deux messieurs s'enfermaient dans la pièce où ils travaillaient lorsque je faisais mon ouvrage dans le reste de la maison, et quand je devais m'occuper de l'endroit où ils se trouvaient, ils sortaient dans le jardin en attendant que j'aie fini. J'ai jamais vu quelqu'un venir... Pourtant, je sais que Verduraz s'amenait de temps en temps parce qu'il paraît qu'il était bougrement intrigué... et puis Mirabeau qui apportait les boissons... Peut-être même Elise... On disait qu'elle était du dernier bien avec le plus jeune des Messieurs, l'écrivain... Notez que ça m'étonne pas parce que Elise, ça toujours été une... enfin, bref, vous me comprenez...

Tout confirmait mes soupçons et mes muscles se nouaient à la seule idée d'empoigner la nommé Verduraz et de le forcer à avouer son crime. Je ne quitterai pas Vanargues sans que le maire, Mirabeau et peut-être Elise eussent gagné la prison de Périgueux. Cela apaiserait quelque peu l'amertume de mon départ.

— Delphine, pendant que ces Messieurs vivaient à Vanargues, un nommé Hamelin s'est installé au *Cheval Blanc*...

— Ça s'est raconté... mais pour l'avoir vu, je peux pas dire que je l'aie vu. Et toi, Louise ?

— Je pense pas... ou alors c'est au pays et sans y prêter attention...

— Et toi, Firmin ?

— Des fois... quand j'allais à la chasse... on se saluait sans plus...

Delphine qui, décidément, ne pouvait pas sentir la servante du *Cheval Blanc*, insinua :

— On raconte que pour celui-là aussi, Elise se montrait tout ce qu'il y a de complaisante... Une fille comme elle, c'est une honte pour Vanargues !

Hamelin avait dû jouer la carte de la tendresse à la bonniche et l'obliger à servir de courrier entre le meurtrier et lui. Voilà pourquoi, au moment de mourir, quand déjà il ne se contrôlait plus, il avait appelé Elise... J'avais le sentiment d'avancer à pas de géant.

— En dehors d'Elise, cet Hamelin, il ne fréquentait personne plus particulièrement ?

— Si, M. l'abbé...

— L'abbé Biscarnious ?

— Oui... Notre abbé, il voit malice nulle part et il racontait que cet Hamelin, il en savait, des choses, à propos de la religion... je veux dire de la religion savante... enfin, de la tévo... téro... ça finit en gi.

— Théologie ?

— C'est ça...

Elle m'examina avec une sorte d'admiration, puis se reprenant :

— C'est vrai que vous êtes instituteur...

Je soupirai :

— Plus pour bien longtemps...

— Mais puisque c'était pas votre vrai métier ?

— J'aurais souhaité qu'il le devînt.

— Pourquoi ?

— Pour un rêve que j'avais formé... Je me consolerai en vengeant deux pauvres types qui ne méritaient pas de mourir... surtout de cette façon.

Firmin retira une fois encore sa pipe d'entre ses lèvres :

— A mon idée, personne mérite jamais de mourir...

Sa femme lui répliqua durement :

— Si ! Ceux qui se sont conduits comme des païens, sans foi ni loi !

Firmin reprit sa pipe et se désintéressa de la question. Je me levai.

— Il me reste à vous remercier pour ce bon déjeuner et aussi pour les renseignements... Je pense, je suis sûr maintenant que, grâce à vous, je réussirai.

La Delphine me tapa affectueusement sur l'épaule.

— J'en serais bien contente ! Vous rentrez à l'école ?

— Bien sûr...

— La journée est pas finie et le temps est beau. Vous devriez vous offrir une promenade, la campagne est belle...

— Oh ! vous savez... se promener tout seul.

— Peut-être que si ça lui disait, Louise pourrait vous accompagner ?

J'étais trop stupéfait pour répondre tout de suite et mon désarroi parut les amuser. Malicieuse, la Delphine ajouta :

— A moins que ça vous ennuie ?

— Oh ! non. Mais je croyais...

Louise était rouge et Firmin clignait un œil rigolard. La mère me prit le bras :

— Monsieur Mérot, nous, on aime bien les courageux... Si vous tenez pas tellement à recommencer dans votre métier, on a pensé que peut-être ça vous déplairait pas trop de revenir à la terre... surtout si Louise vous y aidait ?

Tellement heureux, que je ne parvenais pas à mettre de l'ordre dans mes idées. Si inattendu tout ça !... Ainsi, ils m'avaient étudié pour se faire une opinion sur ce que je valais... Belle sagesse paysanne qui se moquait pas mal des diplômes pour établir son jugement !

— Vous êtes content ?

— Si je suis content !...

— Alors peut-être qu'on pourrait s'embrasser ?

Il y avait bien longtemps que je n'avais embrassé quelqu'un d'aussi bon cœur et tout en serrant Delphine contre moi, je songeai à ma mère-nourricière. Elle aurait été satisfaite de constater que son gars revenait au travail des champs. Firmin me serra la main avec une force où je devinais son plaisir. Puis je me tournai vers Louise, indécis sur ce que je pouvais me permettre. Delphine me poussa légèrement.

— Embrassez-la puisque vous êtes quasiment promis...

Je ne me le fis pas répéter deux fois.

Nous marchâmes longtemps en silence. Ce que fut notre promenade, nos communs aveux, les projets que nous nous confiâmes, il me semble inutile de les consigner ici. En ces instants, nous n'avons pas dû différer beaucoup de tous les amoureux du monde et, naturellement, lorsque nous nous embrassâmes pour de bon, nous fûmes persuadés que personne avant nous ne s'était aimé comme nous nous aimions Une promenade que je n'oublierai jamais. Ma joie se révélait si forte que j'éprouvais l'envie de crier, de chanter, mais cela non plus n'était guère original.

Ne nous souciant plus du ridicule, sur le chemin du retour, nous nous tenions par la main comme les amoureux des cartes postales et des chansons du vieux temps. Et lon lon laine... Et lon lon la... Je ne parvenais pas encore à croire complètement à ce qui m'arrivait. Louise m'aimait et elle m'avait avoué qu'elle m'aimait presque depuis le premier jour où nous nous étions rencontrés. Tout était simple désormais, tout était net, propre- clair. Dès que j'en aurais terminé avec le meurtrier de Barconitch et de Lessoire, je monterai à Paris remettre ma démission au patron. Sur le moment de prendre sa retraite, M. Durand m'approuverait sans doute de vouloir mener une existence normale. Même le crime dont j'entendais démasquer l'auteur m'apparaissait sous des couleurs aimables ! D'étranges musiques résonnaient en moi et m'emplissaient d'une sympathie profonde pour le monde entier, et je pense que si le hasard avait placé l'inspectrice, voire Mirabeau, sur notre chemin, je leur aurais amicalement souhaité le bonjour. Je me sentais assez heureux pour tout pardonner. Je resterais à Vanargues. Je regarderais, vieillir l'abbé Biscarnious — l'abbé Biscarnious qui cachait si bien son jeu, car il ne faisait plus de doute qu'il était l'ami de mon patron, chargé deux ans plus tôt, de neutraliser Hamelin — la Delphine et son Firmin. Je verrai Titin Lanouègue devenir un homme et je serais peut-être le parrain du premier-né de la Guite. Dieu, que la vie s'annonçait belle ! Et je m'étonnais que tous et toutes ne s'en rendissent pas compte, oubliant que Catherin Bugnard disait :

« Autrement comme ainsi, tout un chacun est heu-
« reux qui se croit de l'être. »

Au moment où Louise et moi allions sortir des arbres, nous en vîmes deux venant sur le chemin, au-devant de nous. Eux aussi se tenaient par la main. Je les reconnus avant même que de les distinguer parfaitement : Titin et la Guite ! Un adorable hasard voulait qu'ils fussent les premiers que je devais rencontrer. Les deux gosses étaient couronnés de fleurs. La gamine tenait un bouquet à la main et Titin avait passé dans sa ceinture une épée de bois. Quel songe vivaient-ils ? Lorsque nous fûmes près d'eux, ils s'arrêtèrent et je pris la Guite dans mes bras pour l'embrasser. Quand je la reposai à terre, je lui annonçai solennellement :

— Guite, je ne te ferai plus la classe, mais nous resterons de bons amis, toi et moi... Je ne te quitterai pas !

Je vais me marier, Guite, avec Louise que tu connais bien. Je vais me marier, Guite !

Alors la fillette, prenant la main de son camarade, me regarda avec ses yeux d'azur et, gravement, me répondit :

— Moi aussi.

Vendredi, 8 juillet.

J'ai passé une semaine merveilleuse et qui m'a payé de tout ce que j'ai enduré depuis mon arrivée à Vanargues. D'abord, chaque soir, j'ai dîné chez ma fiancée et nous avons parlé de notre voyage de noces. J'ai promis de lui présenter Lyon et le Beaujolais, la plus belle ville et le plus beau pays, du moins à mon idée. Mais, ainsi que le souligne Catherin Bugnard : « Tout le monde peut pas être de Lyon. Il en faut ben d'un peu partout. » Depuis dimanche dernier, je laisse les gosses faire ce qu'ils veulent. Je ne m'en soucie plus. Je suis devenu leur copain. Les fiançailles de Guite et de Titin n'ont pas duré longtemps et ma préférée, toute gonflée de larmes, est venue me confier que ce bandit de Lanouègue ne lui avait promis qu'elle serait sa femme que pour obtenir, en cadeau prénuptial, un colifichet que la gamine possédait et dont elle s'enorgueillissait. Ce Titin prenait une drôle de route.

Je n'avais pas encore osé apprendre à Louise qu'elle s'appellerait Mme Timbal, et préférais être bien sûr de ses sentiments avant de lui porter ce coup. Mais je voyais la vie tellement en rose qu'au fond de moi-même, j'étais certain qu'elle m'aimait assez pour tout accepter, même de se nommer Louise Timbal, ce qui vous a, il faut en convenir, une curieuse allure. .

Malgré ces bergeries et ce voyage au pays Tendre, je ne devais pas perdre de vue que Delphine comptait sur moi pour débarrasser le pays de Verduraz, de son complice Mirabeau et de cette fille perdue qu'est la malheureuse Elise. Ce serait mon cadeau de noce. Une confiance aveugle m'imprégnait si totalement que je me sentais capable, avec mes seules mains nues, de réduire tous les meurtriers du monde. Au souffle de l'amour, mon expérience — si cruellement achetée pourtant — s'effritait. L'âge ne fait rien à l'affaire ; on est toujours aussi bête au commencement qu'au milieu ou à la fin.

Avant-hier, mercredi, je suis allé boire un pot chez Mirabeau. On m'y a regardé de travers. Quand le maire est entré, il m'a adressé un petit sourire ironique et mauvais. J'ai bu mon verre bien tranquillement. J'ai appelé Elise pour la payer et je lui ai dit :

— Elise, je suis ennuyé pour vous, mais ça risque de vous coûter bougrement cher d'avoir joué au facteur il y a deux ans...

Elle m'a fixé avec des yeux aussi écarquillés que ceux d'une chouette. Elle s'est passé la langue sur les lèvres avant de répondre :

— J'ai jamais été avec le facteur ! Si on vous a raconté ça, c'est une menterie ! Y a deux ans, mon bon ami, c'était le garçon du maréchal-ferrant et puis d'abord, en quoi ça vous regarde ? Vous seriez pas jaloux, des fois ? A votre air en dessous, ça m'étonnerait pas !

Je me mis à rire. Elle faisait bien l'andouille, cette gaupe

— Continuez, Elise, continuez... C'est un bon numéro. Peut-être qu'il distraira les gardiens quand vous serez en prison ?

— En prison... moi ? C'est pas possible ! Vous êtes maboul ?

— Cause toujours, poupée... Quand tu fileras d'ici entre deux gendarmes, qui c'est qui rigolera ? Mécolle (1)...

Elle est partie raide comme une balle se plaindre à Mirabeau. De loin, le cafetier m'a examiné d'un air méfiant et puis, il s'est amené à ma table.

— Ça vous amuse de l'affoler, Elise ?

— Je l'avertis simplement de ce qui peut lui arriver

La figure de Mirabeau commença à s'injecter lentement.

— Ça va pas mieux, non ? Et pourquoi qu'on la mettrait en prison, Elise ?

— A cause de ce que vous lui avez ordonné il y a deux ans.

— Il y a deux ans ?

— A propos, j'ai une commission à vous faire de la part de votre ami Hamelin.

Sa bouche s'ouvrit à un point tel qu'elle le rendit pareil à la grenouille du jeu du tonneau. Il eut du mal à retrouver son souffle.

— Mais... je croyais qu'il... qu'il était mort ?

(1) Moi.

— Justement. Le temps lui dure que vous le rejoigniez...

Il devint brusquement mauvais

— Vous vous foutez de moi ?

— Vous l'aimiez pourtant bien, Hamelin.

— C'était un client comme un autre.

Je me penchai vers lui et doucement lui chuchotai :

— Je ne pense tout de même pas qu'il y ait beaucoup de clients qui vous paient pour assassiner des gens qui ne vous ont causé aucun ennui, hein ? Tu te croyais à l'abri, mon gros, pas vrai ? Erreur !... Fallait pas me rater, tu aurais eu une chance. Maintenant, c'est fini. t'es bon pour le cimetière... Sans adieu, canaille !

Je lui aurais tapé sur le crâne avec la masse à assommer les bœufs qu'il n'aurait pas eu l'air plus perdu. Je le laissai en train de récupérer, mis l'argent de ma consommation sur la table, me levai et me dirigeai vers le maire qui, à mon approche, parut se recroqueviller sur sa chaise. Très courtois, très détendu, je m'inclinai devant lui. Ce salut acheva de le désarçonner.

— Mon petit père Verduraz, je tenais à vous remercier de toutes les bontés que vous avez eues pour moi... Notamment, cette charmante inspectrice... Gentil de votre part... Les gosses et moi avons bien ri. Un excellent numéro que nous vous devons...

Mon insolence parut le galvaniser. Il siffla :

— En tout cas, vous partez ! On vous fout à la porte ! On m'a téléphoné de l'inspection d'académie !

— Erreur, petit Verduraz ! Je ne pars pas ! Je quitte l'enseignement, mais je m'installe à Vanargues.

— C'est ce que nous verrons ! Tant que je serai là..

Je l'interrompis, gentil comme tout :

— Justement, mon bon Verduraz, justement...

— Justement quoi ?

— Vous n'y êtes plus pour longtemps à Vanargues...

Il s'esclaffa, mais sans conviction :

— Elle n'est pas mauvaise celle-là ! Et où serais-je donc, s'il vous plaît ?

— En prison, mon petit père !

— En prison ?

— Avec une belle inculpation de meurtre sur les bras... à moins qu'on ne vous envoie directement rejoindre vos ancêtres. Vous êtes en sursis, monsieur le maire, pour l'instant... un instant très court, profitez-en !

Je n'imagine pas que les survivants du siège de Troie (s'il y en eut) pussent avoir été frappés de plus de stupeur, après le départ des Grecs vainqueurs, que Mirabeau, Elise et Verduraz, lorsque j'abandonnai le *Cheval Blanc*.

Hier, juste comme je fermais la grille de l'école, mon futur beau-père est arrivé. Bien que Firmin parlât peu, je devinais que je lui plaisais. Peut-être espérait-il qu'un gendre exerçant un métier où la timidité n'est pas recommandée viendrait à bout de sa terrible épouse ? L'école devenait pour lui un refuge où il aimait à venir s'asseoir et fumer son éternelle pipe. Ce soir-là, je devinais bien qu'il voulait me confier quelque chose mais je savais que je ne précipiterais pas le mouvement en le brusquant. Le Firmin m'a laissé parler, aller mon train, se contentant de me grogner quelques marques d'approbation de-ci de-là. Et puis, je me suis tu. Déjà, il se levait de sa chaise lorsqu'il m'a lâché tout à trac :

— Vous connaissez la conduite des autos ?

— Naturellement.

— Parce que je pense qu'on va en acheter une... d'occasion.

— Ah ?

— Demain, je dois la prendre à Brive... Vous pourriez pas venir avec moi ? D'autant plus que l'auto, c'est pour Louise et vous, pourquoi, moi, je sais pas conduire et je suis trop vieux pour apprendre. Si tout se présente bien, dimanche, après la messe, on pourrait filer manger sur l'herbe du côté du gouffre de Cuzac, vous y avez déjà été ?

— Non.

— C'est ce qu'il y a de plus beau dans le coin... J'aimerais bien qu'on s'y rende tous ensemble... C'est là-bas que j'ai dit à la Delphine que je l'aimais. Ça fait plus de quarante ans.

Il est comme ça, mon Firmin. Je sens qu'on se comprendra tous les deux. Je lui promis tout ce qu'il voulut, décidant de mettre ma classe en vacances et de renvoyer les petits chez eux sitôt qu'ils seraient réunis.

Je finissais ma vaisselle quand Casseigne s'est présenté, toujours aussi propret, toujours aussi net, toujours aussi petit fonctionnaire, ne semblant être né que pour profiter un jour d'une retraite d'état.

— Je ne vous dérange pas ?

— Aujourd'hui, cher monsieur Casseigne, je suis assez heureux pour ouvrir ma porte à n'importe qui.

— Ce n'est peut-être pas très prudent.

Il me parut qu'il y avait de l'ironie dans sa voix et, soudain, une grande main glacée m'empoigna le cœur. Le doux, l'honnête Félicien Casseigne ne pourrait-il être, décidément, le meurtrier que je cherchais ? Dans ce cas, son camouflage s'affirmait génial ? Je me maîtrisai pour trahir le moins possible mon anxiété. Tout en surveillant ses mains, je lui proposai de s'asseoir. Il accepta et je le priai de m'excuser ; il me fallait monter dans ma chambre pour prendre un mouchoir. Il ne fit aucune difficulté et je bondis littéralement dans l'escalier. Je respirai plus à l'aise lorsque j'eus glissé mon arme dans ma poche. Maintenant, je pouvais envisager avec plus de sérénité l'hypothèse d'un Casseigne trompant son monde depuis toujours.

Mon visiteur se tenait toujours bien sagement sur sa chaise.

— Monsieur Mérot, étant très à cheval sur les questions d'honneur, de loyauté, j'ai été, je l'avoue, profondément affecté de vos soupçons... Voulez-vous que nous n'en parlions plus ?

Nous nous fîmes mille politesses sans que je pusse soupçonner où cela nous devait conduire.

— Comme tout Vanargues, j'ai été mis au courant de vos dernières tribulations. J'ai tenu à vous exprimer mon regret de vous voir partir. Je pense que nous aurions pu devenir d'excellents amis.

— Nous le deviendrons, monsieur Casseigne, car si j'abandonne l'enseignement, je ne quitte pas le pays.

— Vraiment ? Vous m'en voyez ravi...

— Je me marie avec Louise...

— Votre Louise ? Celle qui... ?

— Celle-là, oui, monsieur Casseigne.

Son incrédulité trop visible m'apparut comme une offense à l'égard de ma bien-aimée.

— Monsieur Mérot... Je suis de très loin votre aîné et c'est pourquoi, avec votre permission, je me permettrai de vous conseiller de réfléchir...

— A quoi ?

— Au fait que vous n'êtes pas du tout du même milieu, cette jeune personne et vous... Elle est charmante, mais d'une éducation négligée. Je crains pour vous que vous n'en souffriez plus tard.

Je me dressais :

— Monsieur Casseigne, lorsque j'aurai besoin de conseils, j'irai vous les demander. Pour l'heure, je vous serais infiniment obligé de les garder par-devers vous.

Il se leva à son tour, confus.

— La leçon est dure. Peut-être l'ai-je méritée. Au re voir, monsieur Mérot.

— Au revoir, monsieur Casseigne. Pensez à moi dimanche. Louise et moi, nous reviendrons officiellement fiancés du gouffre de Cuzac.

— Curieux endroit pour une pareille cérémonie ?

— Les humbles ont quelquefois des délicatesses que vous ne soupçonnez pas, monsieur Casseigne. C'est à Cuzac que Firmin a déclaré sa flamme à sa Delphine. Il tient à ce que sa fille et moi, nous nous engagions au même endroit. Si vous passez par-là, venez donc nous présenter vos félicitations. Nous déjeunerons sur l'herbe...

Casseigne feignit de ne pas entendre l'ironie de mes propos et se retira après m'avoir assuré que Cuzac était trop loin pour ses jambes qui commençaient à vieillir sérieusement.

Je lui avais rivé son clou, au receveur des postes, mais je n'étais pas de bonne humeur cependant, et pour éviter le vieux crampon de Clément, j'ai dû, une fois encore, filer par la fenêtre en me demandant combien de temps le bonhomme s'obstinerait à m'embêter ?

Lundi, 11 juillet.

J'ignore où je trouve la force de reprendre ce journal. J'ai fermé l'école hier soir en rentrant. Les gosses m'ont réveillé et je leur ai crié, de ma fenêtre, que je leur donnais congé pour la journée. Ils n'ont pas demandé d'explications et se sont égaillés. Tous, sauf la Guite. Je l'ai vue errer dans le jardin. Elle attendait que j'apparusse mais je ne me suis pas montré. Elle a fini par partir et je me suis retrouvé seul comme je le souhaitais. Les images de la journée d'hier ne cessent de défiler dans ma mémoire à un rythme que la pulsation de mon sang accélère ou ralentit. Comment aurais-je pu deviner ? Qui pouvait se douter que ce méticuleux Casseigne, ce parfait petit fonctionnaire, ennemi de tous les ennuis, de tous les tracas... Je me demande quel âge il me faudra atteindre pour ne plus me laisser prendre aux apparences ?

Histoire de faire enrager le maire et ses amis, je m'étais rendu à la grand-messe et, sur un signe de la

Delphine, je me plaçai près de Louise. Ainsi, nous prenions nos responsabilités devant tout Vanargues. Maintenant, chacun savait que quelque chose se tramait entre Louise et ce curieux instituteur qui, en quelques semaines, avait eu plus d'histoires que tous ses prédécesseurs réunis. Je sentais l'émotion suscitée parmi les fidèles par ma présence ostentatoire. Louise me fit un petit sourire de coin, un peu timide, un peu gêné, mais qui me réchauffa. En s'approchant de nous pour lire les offices de la semaine, il me parut que l'abbé Biscarnious m'adressait un léger signe d'intelligence et je me promis d'aller le saluer à la sacristie.

Après l'*Ite missa est,* j'avertis Delphine et Firmin que je me rendais auprès du curé. Ils me dirent qu'on m'attendrait à la ferme pour prendre le volant de la 11 CV Citroën que nous avions ramenée la veille de Brive. Le prêtre m'ouvrit les bras et, m'ayant serré sur son cœur :

— Content ?

— Vous êtes au courant ?

— La Delphine ne décide jamais rien sans me demander mon avis.

— Bien content, monsieur l'abbé, et je sais que c'est un peu à cause de vous que ce grand bonheur m'échoit.

— Alors, vous restez avec nous, c'est vrai ?

— Oui, j'aiderai Firmin.

— A mon tour de vous confier que je suis bien content. Vous partez pique-niquer ?

— Oui, au gouffre de Cuzac.

— Ne vous retardez donc pas... Nous nous reverrons !

— Souvent ! Comptez sur moi pour venir vous embêter.

Il me prit les mains :

— Vous, vous ne m'ennuierez jamais...

J'étais sur le point de sortir. Pourquoi ai-je pensé à Hamlein juste à ce moment-là ? Des associations d'idées qui se nouent sans qu'on sache pourquoi.

— Monsieur l'abbé... vous vous souvenez de cet homme qu'on appelait Hamelin ?

— Parfaitement. Il logeait au *Cheval Blanc*. Je le visitais très régulièrement. Nous nous étions découvert — au hasard d'une rencontre — des goûts communs pour l'exégèse des textes de l'Ancien Testament. Je ne pense pas qu'il fût croyant, mais il m'a appris, cependant, bien des choses. Un véritable savant. J'ai été fâché qu'il partît sans prendre congé.

Je le contemplais, amusé :

— Vous n'aviez pas d'autres raisons que la passion de l'exégèse pour fréquenter Hamelin ?

— Qu'entendez-vous par-là ?

— Vous avez raison, monsieur l'abbé, et c'est moi qui ai tort de vouloir vous obliger à l'indiscrétion. En tout cas, je puis vous affirmer que M. Durand m'a parlé de vous et en termes élogieux ; mais — ajoutai-je en riant — naturellement, vous ne connaissez pas M. Durand ?

— C'est-à-dire que comme cela, sur l'instant, je ne vois pas ?...

— Bien sûr !...

Décidément, le patron savait choisir ses collaborateurs, même quand ils n'étaient que des « outsiders » !

Bien qu'elle fût déjà d'un âge respectable, la 11 CV roulait à la perfection et en une demi-heure nous emmena aux abords du gouffre de Cuzac. Delphine et Louise étendirent une nappe sur l'herbe, Firmin et moi nous contentâmes de déballer les provisions. Ma fiancée s'installa à mes côtés. Quand nous eûmes mangé la brioche et bu la dernière goutte de vin, Firmin alluma sa pipe et plongea dans une de ses rêveries digestives où il se perdait avec délice. Je voulus aider les femmes qui filaient laver le peu de vaisselle à une source, mais elles s'y opposèrent. Puisque je devais vivre à la campagne, il me fallait me conformer aux rites des tâches une fois pour toutes traditionnellement partagées. J'avoue que j'en pris facilement mon parti.

A mon tour, sous l'action combinée de la nourriture et de la chaleur de juillet, je glissais dans une torpeur reposante lorsque mon regard accrocha un éclair d'or dans l'herbe, là où Louise était assise quelques instants plus tôt. Je tendis une main molle et mes doigts se refermèrent sur le médaillon que ma fiancée portait au bout d'un sautoir. Un bijou ancien, joliment travaillé en forme de cœur avec trois petites perles fines. Sans même y penser, je l'ouvris, et me réveillai d'un coup en apercevant le visage d'un jeune homme souriant et qui ne m'était pas inconnu.

— Vous faites une drôle de figure... Qu'est-ce que vous avez donc trouvé ?

Sans un mot, je tendis le médaillon à Firmin qui contempla longuement le visage dont je commençais à chercher où j'avais pu le rencontrer, puis il dit :

— Je lui avais pourtant défendu...

— Qui est-ce ?

Firmin referma le médaillon et le glissa dans sa poche.

— Il vaut mieux que ce soit moi qui le lui rende. Elle aura moins honte...

— Qui est-ce ?

Mon ton le fit me regarder. Il hocha la tête :

— Vous auriez tort d'être jaloux. C'est son frère. Un voyou. Il y a longtemps qu'il nous a quittés. Je crois qu'il est mort...

— J'ai le sentiment de l'avoir vu quelque part et il n'y a pas longtemps...

— Lui ?

— Lui ou sa photographie.

— Ça m'étonnerait ! Les dernières nouvelles qu'on en a eues — il y a deux ou trois ans, je me souviens plus bien — venaient d'Allemagne... Une carte qu'il adressait à sa sœur... Depuis, plus rien.

Il n'existait pas de raison de mettre en doute ce que me racontait Firmin, et pourtant, j'avais de plus en plus la certitude que je connaissais son fils. De toute façon, je n'allais pas me mettre martel en tête pour un garçon mort et qui, de surcroît, n'était que le frère de Louise. Je ne pouvais tenir rigueur à ma bien-aimée de ce que son aîné avait mal tourné. Je souris à Firmin.

— J'espère que vous aurez plus de chance avec vos petits-fils...

— J'en suis sûr parce que ma Louise, c'est du tout bon et que vous, vous me semblez de bonne étoffe également.

Les femmes revinrent et Firmin remit discrètement le médaillon à sa fille qui rougit. Je rejoignis Louise.

— Je savais que vous aviez un frère pas très recommandable, ma chérie. Cela n'a aucune importance. Je l'aurais fatalement appris un jour ou l'autre.

— Nous nous aimions beaucoup, lui et moi... Ce qu'il a fait ne peut rien changer à ça, n'est-ce pas ?

— Bien sûr.

— Tout le monde dit qu'il est mort, mais, moi, je

continue à croire qu'il reviendra. S'il était mort, il me semble que je le sentirais.

Une larme coula le long de son nez. Emu, je la pris dans mes bras et, dans ce mouvement, je distinguai nettement — mais le temps d'un éclair — un homme se dissimulant parmi les genêts fort hauts, un homme qui tenait un fusil, un homme qui n'était autre que Félicien Casseigne... Félicien Casseigne à qui j'avais eu l'imprudence de confier le but de notre sortie... Félicien Casseigne qui était venu là pour m'éliminer et éliminer, du même coup, ceux que j'aimais... Tous ces crimes n'effrayaient sûrement pas celui qui avait égorgé de sang-froid Barconitch et Lessoire. Mais qui se serait méfié de cet homme aimable et paraissant si parfaitement inoffensif ? Je me dégageai brusquement et Louise, surprise de ma rudesse, me regarda. Je lui criai presque :

— Maintenant, je sais ! Il faut rentrer à Vanargues !

— Qu'est-ce que vous savez ?

— Je vous expliquerai... Vite !

J'espérais que plus nous resterions groupés, plus Casseigne hésiterait à tirer. Je m'en voulus amèrement de n'avoir point emporté mon arme, mais le moment n'était plus aux regrets. Avec Louise, nous rejoignîmes Firmin et Delphine.

— Grimpez dans la voiture, on file !

— On file ? Et où ça ?

— A Vanargues.

— Pourquoi si tôt ?

— Parce que je connais l'identité de celui qui a tué Lessoire et Barconitch !

— Ah ?

— Oui, et vous serez bien surpris !

— Savoir ? Mais nous ne pouvons pas repartir sans regarder le gouffre ! Ça serait idiot !

Je n'osais pas leur parler clairement de la menace que représentait Casseigne, de peur de les affoler. Il ne fallait pas que le meurtrier se doutât de nos intentions. Un refus brutal eût entraîné des explications que je ne tenais pas à fournir présentement. Je m'inclinai :

— Bon, mais juste un coup d'œil...

Delphine refusa de nous suivre sous prétexte qu'elle avait le vertige et tenta de nous dissuader de nous rendre au gouffre, craignant, vraisemblablement, que nous n'y tombions. J'entraînai Louise et Firmin dans la direction qu'ils m'indiquaient, tout en épiant une nouvelle apparition de Casseigne. Je me plaçai entre ma fiancée et son père pour pouvoir les jeter à terre tous les deux si je surprenais le misérable sur le point de nous tirer dessus. Ignorant que je l'avais vu, il reculerait sans doute devant un massacre ? Il espérait peut-être que je me rendrais seul au bord du gouffre... Je tentai de me rassurer sans parvenir à me convaincre.

La faille se révélait impressionnante. En amoureux attentif, je me donnais le ridicule d'interdire à Louise — enfant du pays — de s'approcher trop près du bord où je me risquais, Firmin à un pas derrière moi. Si on tombait dans ce trou, il n'existait aucune chance de s'en tirer, à moins d'y glisser au lieu d'y choir et ainsi de pouvoir se raccrocher à l'arbuste qui tendait ses branches robustes à un mètre au-dessous de là. J'oubliais un peu la menace que représentait Casseigne et je contemplais, fasciné, le sauvage décor qui s'offrait à moi. Puis je songeais à Louise, à notre existence commune de demain ; je souriais au bonheur promis et, brusquement, je sus le nom de l'homme dont elle gardait la photographie dans son médaillon. Je me retournai d'un élan. Firmin se tenait à deux pas, Louise remontait vers sa mère. Je criai :

— Naulot !...

La photographie du médaillon était celle que m'avait montrée mon patron, ce Naulot qui avait indiqué Vanargues comme lieu de refuge sûr pour Barconitch et Lessoire... Naulot, le fils de Firmin et de la Delphine, le frère de Louise... mais alors... le meurtrier... Eperdu, face à une vérité qui se montrait à moi dans toute son horreur, je ne pus que tendre le bras vers Firmin en râlant :

— Vous !... C'est vous !

Il ricana et se jeta en avant, mais, autant par calcul que parce que mes jambes se dérobaient sous moi, je roulai au sol et Firmin, ne pouvant arrêter son élan, butant contre mon corps, plongea tête première dans le gouffre en poussant un cri que j'entendrai toute ma vie. Hébété, ne réalisant pas encore tout à fait l'enchaînement des faits, aussi bien ceux du passé que ceux du présent, je me relevais lentement lorsque Louise m'arriva dessus. Une Louise que je ne reconnaissais plus, le visage déformé par la fureur. Je n'eus pas le temps d'éviter le choc et m'effondrai, mais la terre céda sous mes pieds et je glissai dans le trou. La chance voulut que je pusse me raccrocher à l'arbuste repéré plus tôt. Tout de suite, je me demandai combien de temps je parviendrais à me maintenir dans cette position, en admettant que les branches auxquelles je me cramponnais ne cédassent point ? Dans mon esprit en désarroi, et pour l'heure seulement préoccupé de la minute à venir, les idées se bousculaient sans réussir à s'ordonner. J'avais peur, atrocement peur, et cette peur annihilait en moi toute autre capacité de réflexion. Louise apparut sur le bord du ravin. Elle tenait une grosse pierre. Je compris qu'elle allait me tuer, qu'elle voulait me tuer... Cette pensée, pour si invraisemblable que cela puisse paraître, m'apaisa. Dans notre métier, nous sommes habitués à payer très cher les erreurs commises. Je m'étais trompé et de quelle façon ! Une pareille gaffe ne pouvait être compensée que par ma mort. Un seul vrai regret : l'impossibilité de prévenir Durand. Firmin avait subî son châtiment, mais les autres... Apaisé, je vis Louise lever la pierre au-dessus de sa tête et je fermai les yeux, attendant le choc... mais je les rouvris en entendant le coup de feu. Louise vacilla, lâcha la pierre qui me frôla. Je vis distinctement un peu de sang couler de sa bouche. Un dixième de seconde, elle parut hésiter entre le vide s'ouvrant devant elle et le sol. Sans doute était-elle déjà morte lorsqu'elle tomba. Comme un imbécile, je me mis à pleurer. Sa mort atroce me rendait la Louise que j'aimais, ce fantôme inventé... Un appel me restitua une plus claire compréhension des choses :

— Bon Dieu ! Je suis heureux de vous voir ! Vous pouvez tenir encore un moment ?

— Pas longtemps...

— Serrez les dents, mon vieux, je me dépêche !

Et Félicien Casseigne disparut du morceau de soleil où il s'était encadré un instant. Casseigne que je m'imaginais prêt à m'assassiner et à qui je devais la vie ! Décidément, je me serais trompé du début à la fin dans cette histoire. Je n'étais pas meilleur agent qu'instituteur. Je me dégoûtais.

— Hep ?

Casseigne revenu me lançait une corde, celle que

j'avais pris soin de mettre dans le coffre de la 11 CV. Une bonne idée... Tout de même, j'en ai parfois quelques-unes ! Lorsque je repris pied sur le bord du gouffre, je restai une minute sans prononcer un mot. Il me fallait récupérer. Félicien me serra le bras :

— Vous revenez de loin, hein ?

— Vous ne pouvez pas vous douter d'où je viens...

Il pensait à la mort... Je pensais à Louise. En voyant la Delphine, tassée dans la voiture et qui sanglotait, j'eus un recul. On avait oublié la plus terrible du trio. Casseigne me rassura :

— Elle paraît dure, à la voir, mais les deux autres la terrorisaient... N'est-ce pas, ma pauvre vieille ?

La Delphine leva vers nous son visage effondré :

— Ils étaient mauvais... Jamais le Bon Dieu leur pardonnera... Ils m'ont obligé, monsieur Mérot, à vous accueillir... Je me doutais bien qu'ils voulaient vous supprimer, mais je vous jure que j'ignorais que ce serait pour aujourd'hui... Je rendrai l'argent qu'ils ont touché de M. Hamelin et j'irai chez les Dames de la Sainte-Agonie, au Puy.

Casseigne m'a ramené à l'école. Le grand-père était encore là, à croire qu'il avait pris racine devant ma porte. Maintenant, il pouvait bien me raconter ce qu'il voulait au point où j'en étais.

— Monsieur l'instituteur... Je sais des choses...

Félicien voulut l'écarter.

— Non, laissez-le... Qu'est-ce que vous savez, grand-père ?

— Le nom de celui que vous cherchez.

— Quoi ?

— Le nom de celui qu'a tué les hommes de la maison, y a deux ans... C'est Firmin... je l'ai vu...

— Et pourquoi n'en avez-vous pas parlé ?

— Parce qu'on m' la pas d'mandé, tiens !

— Alors, pour quelles raisons vous confiez-vous à moi ?

— Parc' que vous êtes un bon gars et que vous m'avez bien reçu...

Casseigne m'a quitté au petit matin après m'avoir tout expliqué. Naturellement, c'était lui l'homme que le patron employait, lui qui avait tenu compagnie à Hamlein le jour du crime. Verduraz et Mirabeau se révélaient simplement de solides crétins enfoncés dans leurs querelles poussièreuses. Mourant, Hamelin appelait non pas Elise, mais Louise. Firmin avait essayé à plusieurs reprises de me tuer, et lorsque je lui eus avoué que j'aimais sa fille, il crut tout de bon qu'il m'éliminerait. Nous tenions de Delphine que, par l'intermédiaire de son fils, Firmin et Louise étaient entrés en relation avec Hamelin. On leur offrit trois cent mille anciens francs pour s'emparer du manuscrit de Barconitch. Ce dernier, surprenant Firmin au moment où il volait son travail, Louise l'avait tué tandis que Firmin faisait subir le même sort à Lessoire, ne se méfiant ni du père, ni de la fille. Louise était allée ensuite au rendez-vous fixé par Hamelin, dans la nuit, pour lui remettre le dossier de Barconitch. La méfiance de Firmin à mon égard venait de ce que Verduraz avait trop parlé et, notamment, au sujet de mon nom. Lorsque je m'étais rendu à la maison des victimes, les meurtriers comprirent que l'affaire recommençait et ils résolurent tout de suite de me supprimer. Casseigne connaissait bien Verduraz et Mirabeau, les jugeant incapables de commettre un crime. Je lui servis d'appât et grâce à mes bévues, il aboutit à envisager la culpabilité de Firmin, mais il ne se doutait pas de celle de Louise. Il lui fallait les prendre en flagrant délit. Lorsque je lui parlai de notre promenade à Cuzac, il eut la puce à l'oreille. En somme, j'avais eu une sacrée chance !

Lorsque je me retrouvai seul dans l'école, je dressai le bilan de mes activités à Vanargues et dus convenir que j'avais mis le minimum de temps à accumuler le plus grand nombre de sottises. Pauvre Verduraz... pauvre Mirabeau... pauvre Elise que je voulais envoyer en prison ! Pauvre vieux Clément qui s'acharnait à m'offrir la solution du problème et que je refusais d'écouter... Et pendant ce temps, je faisais le joli cœur auprès des assassins... Ce qu'ils avaient dû rire de moi, le père et la fille ! J'étais complètement déprimé en montant me coucher et, pour une fois, la philosophie de Catherin Bugnard perdit son pouvoir consolateur. Tout au plus m'arrêtai-je sur cette réflexion :

« C'est rien de rien d'être benêt si qu'on n'en a pas « l'air. »

Mercredi, 13 juillet.

Je suis dans le train. J'ai voulu quitter Vanargues avant les réjouissances de demain. Casseigne, qui s'est occupé de tout auprès de la maréchaussée, a obtenu, grâce à quelques coups de fil à Paris, que cette dernière conclût à un accident. Delphine a confirmé la version et moi-même j'ai répété la thèse mise au point entre Félicien et moi : un morceau de terrain avait cédé sous le poids conjugué de Firmin et de sa fille. Seuls, les gendarmes savaient qu'on trouverait une balle dans le corps de Louise. Ils étaient priés de garder la nouvelle pour eux. J'ai reçu les condoléances émues de l'abbé Biscarnious. J'ai assisté, à côté de Delphine, à l'office célébré à la mémoire des deux victimes et pour le repos de leur âme. Même Verduraz et Mirabeau sont venus me serrer la main en m'affirmant qu'ils avaient oublié mes folles menaces à leur endroit, et Elise m'a embrassé sur les deux joues. Je n'ai pas voulu revoir ma Guite, de crainte de ne plus avoir le courage de partir. Casseigne m'a accompagné à la gare avec Epaminondas dont il m'a juré de prendre soin. Nous nous sommes quittés sur une poignée de main en nous promettant de nous revoir, tout en sachant fort bien que nous ne nous reverrions jamais. J'ai embrassé Epaminondas sur le museau et je suis monté dans le wagon.

Je téléphonerai de Lyon à Durand pour lui dire que je reste dans les Services Secrets. Refaisant en sens inverse le chemin parcouru quelque trois mois plus tôt, je repensais au rêve écroulé. Venu au monde sans famille, je le quitterai de même. Je devais me résigner. Je regretterai longtemps cette Louise que j'aimais et qui n'avait jamais existé. Ma pitoyable aventure n'était pas faite pour me redonner le goût du commerce des femmes, et je me sentais bien résolu à écouter mon bon maître Catherin Bugnard :

« A preuve que le Bon Dieu veut du bien aux « hommes, c'est qu'il n'a donné qu'une femme à Adam, « et encore, à elle toute seule, cette grande sampille a « trouvé le moyen de le faire mettre à la porte du « Paradis terrestre qu'Il nous aurait laissé en héritage « au lieu du péché originel, et où, comme Lui, nous « nous benaiserions à longueur de journée jusqu'à la « consommation des siècles. »

FIN

Le Club des Masques

ALDING Peter
531 Le gang des incendiaires

BAHR E.J.
493 L'étau

BARNARD Robert
535 Du sang bleu sur les mains

CARR John Dickson
423 Le fantôme frappe trois coups

CHEYNEY Peter
6 Rendez-vous avec Callaghan
23 Elles ne disent jamais quand
31 Et rendez la monnaie
41 Navrée de vous avoir dérangé
57 Les courbes du destin
74 L'impossible héritage

CHRISTIE Agatha
(85 titres parus, voir catalogue général)

CURTISS Ursula
525 Que désires-tu Célia ?

DIDELOT Francis
524 La loi du talion

ENDRÈBE Maurice Bernard
512 La vieille dame sans merci
543 Gondoles pour le cimetière *(mars 85)*

EXBRAYAT
(71 titres parus, voir catalogue général)

FERM BETTY
540 Le coupe-papier de Tolède *(janv. 85)*

FERRIÈRE Jean-Pierre
515 Cadavres en vacances
536 Cadavres en goguette *(sept. 84)*

FISH et ROTHBLATT
518 Une mort providentielle

FOLEY Rae
517 Un coureur de dot
527 Requiem pour un amour perdu

GILBERT Anthony
505 Le meurtre d'Edward Ross

HINXMAN Margaret
542 Le cadavre de 19 h 32 entre en gare *(fév. 85)*

IRISH William
405 Divorce à l'américaine
430 New York blues

KRUGER Paul
513 Brelan de femmes

LACOMBE Denis
456 La morte du Causse noir
481 Un cadavre sous la cendre

LANG Maria
509 Nous étions treize en classe

LEBRUN Michel
534 La tête du client

LONG Manning
519 Noël à l'arsenic
528 Pas d'émotions pour Madame

LOVELL Marc
497 Le fantôme vous dit bonjour

MARTENSON Jan
495 Le Prix Nobel et la mort

MONAGHAN Hélène de
452 Suite en noir
502 Noirs parfums

MORTON Anthony
545 Le baron les croque *(mars 85)*
546 Le baron et le receleur *(mars 85)*
547 Le baron est bon prince *(mars 85)*
548 Noces pour le baron *(mars 85)*

PICARD Gilbert
477 Le gang du crépuscule
490 L'assassin de l'été

RATHBONE Julian
511 A couteaux tirés

RENDELL Ruth
451 Qui a tué Charlie Hatton ?
501 L'analphabète
510 La danse de Salomé
516 Meurtre indexé
523 La police conduit le deuil
544 La maison de la mort

RODEN H.W.
526 On ne tue jamais assez

SALVA Pierre
475 Le diable dans la sacristie
484 Tous les chiens de l'enfer
503 Le trou du diable

SAYERS Dorothy L.
400 Les pièces du dossier

SIMPSON Dorothy
537 Le chat de la voisine

STOUT Rex
150 L'homme aux orchidées

STUBBS Jean
507 Chère Laura

SYMONS Julian
458 Dans la peau du rôle

THOMSON June
521 La Mariette est de sortie
540 Champignons vénéneux

UNDERWOOD Michaël
462 L'avocat sans perruque
485 Messieurs les jurés
531 La main de ma femme
539 La déesse de la mort

WAINWRIGHT John
522 Idées noires

WATSON Colin
467 Cœur solitaire

WILLIAMS David
541 Trésor en péril *(janv. 85)*

WINSOR Roy
491 Trois mobiles pour un crime

ENVOI DU CATALOGUE COMPLET SUR DEMANDE

IMPRIMÉ EN FRANCE PAR BRODARD ET TAUPIN
58, rue Jean Bleuzen - Vanves - Usine de La Flèche.
ISBN : 2 - 7024 - 1431 - 1

H 31/0622/6